我说了地球一圈

——360 航海环球游记

范京广◎著

My Journey Around the World

气象出版社

China Meteorological Press

我的心路（前言）

"京广，谁在死海练过瑜伽？谁在金字塔前练过瑜伽呀？"那段时间，希望我同行的朋友每天这样劝我。

坐豪华游轮环球游，我——想都没有想过！问身边的好朋友，回答仿佛统一了口径似的。"环球游——多好呀！去吧！"

"是啊！环球游——多好呀！去吧！"心里逐渐有了一点点朦胧的影子，仅仅一点点而已。

"京广：想想啊！你这次去环球游，就是中国的首批乘客哟！冠军总只有一个呀！下次去，对你而言，就没有太大意义了！"大约隔了两天，希望我同行的朋友又来电话了。

本来，那个朦胧的影子都快没了，朋友一个电话，影子又串出来。

悄悄买本《世界地图册》回到家里慢慢看，一个国家、一个国家慢慢找，花了几天时间，终于将环球游途中将经历的二十几个国家从不同的页面找着了——只怪自己，中学时，地理没学好！

"怎么样？有意思吧？快决定吧！"朋友有点不依不饶我了。

旅行中有一个好的旅伴是相当重要的，这我知道。

"你到船上去教瑜伽呀，在船上写作呀，拍片呀，多好呀！我来与日方商量吧，别想那么多了！"朋友远比我兴奋。

我说不清自己的心情，也没有想得太多。朋友到我家拿着我的几本瑜伽著作及几张瑜伽光盘走了。

过了几天，电话来了："京广，好消息呀！日方认真看了你的资料，因为中国人是首次登船作环球之旅，你又是这么好的老师，邀请你上船教授瑜伽！这你就没有任何顾虑了吧？"

消息确实令人振奋！朋友这么热心，日方没几天就发来隆重邀请函，我的心里去的决心基本上定了！路过地图出版社时，买回两个带灯地球仪，小的留给自己，大的送给我的朋友。

晚上开着地球仪上的灯，又一遍一遍在地球仪上寻找这二十几个国家，渐渐地脑子里、心里有了更深的印象！

眼前的地球仪逐渐变大，越来越大，越来越大，大如地球了——这时在我的心里，已经绕了地球一圈了。

我们的航线

站数	国家	抵达港口	航行天数	停留天数	所属洲	途经的海、洋
第一站	越南	岘港	7	1	亚洲	
第二站	新加坡	新加坡	2	1	亚洲	穿过马六甲海峡 穿越印度洋
第三站	阿曼	萨拉拉	8	1	亚洲	途经红海
第四站	约旦	亚喀吧	5	1	亚洲	
第五站	埃及	塞得港	1	1	非洲	通过苏伊士运河
第六站	土耳其	库萨达瑟	1	2	亚洲	途径地中海
第七站	希腊	比雷埃弗斯	相连	1	欧洲	
第八站	意大利	那不勒斯	2	1	欧洲	
第九站	西班牙	巴塞罗那	1	1	欧洲	
第十站	法国	勒阿弗尔	4	1	欧洲	途经直布罗陀海峡
第十一站	荷兰	阿姆斯特丹	1	1	欧洲	途经英吉利海峡
第十二站	挪威	卑尔根	1	1	欧洲	途经松恩峡湾
第十三站	冰岛	雷克雅未克	3	1	欧洲	穿越大西洋
第十四站	格陵兰	努克	3	1	北美洲	
第十五站	美国	纽约	6	3	北美洲	
第十六站	美国	佛罗里达	6	8	北美洲	途经加勒比海
第十七站	巴拿马	拉瓜伊拉	2	2	北美洲	通过巴拿马运河
第十八站	危地马拉	库特扎尔	2	2	北美洲	
第十九站	墨西哥	阿卡普尔科	1	2	北美洲	
第二十站	墨西哥	瓦利亚塔	1	1	北美洲	
第二十一站	加拿大	温哥华	8	1	北美洲	途经阿拉斯加冰川
第二十二站	美国	施沃德	3	2	北美洲	
			10			横渡太平洋

环球一周各国护照签证

目 录 Contents

亚洲篇　Asia

日本 Japan

从横滨我们出港了，360度环海航行开始了，这是一个未知，这将是无数个未知在等待着我们……

第一站　越南 Viet Nam

淳朴的越南，恬静的岘港，你还会想到这里曾是战火纷飞的硝烟战场吗……

第二站　新加坡 Singapore

干净中，透着浓浓现代气息的岛国。几天几夜的航程中，邮轮上举行了千人运动会；有了一个不能说的秘密……

非洲篇 Africa

亚洲篇（续）Asia

欧洲篇 Europe

第十五站 美国 U.S.A.

那天是你的生日，我们在地铁中偶遇，你领着我投币，你故意错过站，你将我送至唐人街……而今，你在哪里？你还好吗？

第十六站 美国 U.S.A.

如果邮轮不出故障，我们就不会停留在佛罗里达；如果不停留在佛罗里达，我就不会去瑜伽馆；如果不去瑜伽馆，我就不会……塞翁失马，焉知非福。

第十七站 巴拿马 Panama

"你真的好漂亮！好美！"面对裸露上体的女子，凝视着她的双峰，我如是说……

Asia

亚洲篇

2008年5月14日—2008年6月10日

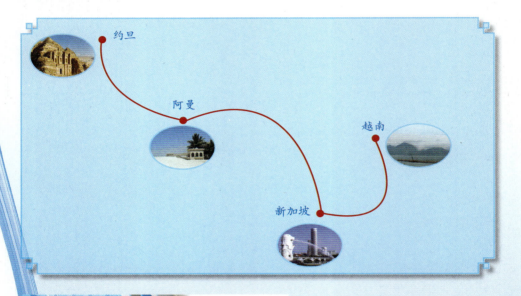

约旦

阿曼

越南

新加坡

世界之最:
亚洲是世界上第一大洲
亚洲是世界上半岛面积最大的一个洲
约旦死海是世界上最低的洼地
阿曼首都马斯喀特是世界最小的首都之一
阿曼也是世界热城之一

游览指数:
越南　★★★
新加坡　★★★★★
阿曼　★★★
约旦　★★★★
土耳其　★★★★

亚洲位于东半球的东北部,东、北、南三边分别濒临太平洋、北冰洋和印度洋,西临地中海和黑海,它是世界上第一大洲。亚洲共有 49 个国家和地区,习惯上我们将它们分为东亚、东南亚、南亚、西亚以及北亚。

此次航行,我们将游览参观属于东南亚国家的越南、新加坡以及属于西亚国家的阿曼、约旦及土耳其这5个亚洲国家。世界各国还习惯上将越南称之为东南亚的"陆地国家"或"半岛国家"；而将新加坡称之为东南亚的"海洋国家"或"海岛国家"。

亚洲多半岛、岛屿，是世界上半岛面积最大的一个洲，其中阿拉伯半岛是世界上最大的半岛。我们第三站将游览参观的阿曼就位于阿拉伯半岛的东南沿海；第四站的约旦则位于阿拉伯半岛的西北部。

亚洲在海陆位置方面，位于亚欧大陆东部，北冰洋、太平洋、印度洋和它们的边缘海，从北、东、南三面围绕着亚洲大陆。我们此次航行将穿越世界上最大的洋——太平洋，还将穿越印度洋和大西洋。

亚洲的湖泊不多，但独具特色。

亚洲历史悠久、文化灿烂，世界四大文明古国中，有三个就在亚洲境内。亚洲还是佛教、伊斯兰教和基督教三大宗教的发祥地。

亚洲文物古迹众多，有规模宏大的古陵墓，有壮观庞大的古建筑群，还有保存完好的历史古城。亚洲自然景观也非常迷人，有景观独特的国家公园，有以保护野生动植物为目的的野生动植物保护区，还有文化、自然兼而有之的综合型遗产等。

日本横滨：从横滨我们出港了，360度环海航行开始了，这是一个未知，这将是无数个未知在等待着我们……

 ## 第1天（5月14日）

出港

日本时间，2008年5月14日中午12点，日本横滨港口，一声汽笛长鸣，"和平号"邮轮载着一千三百余人于细雨中徐徐离开港口，驶向茫茫的太平洋。欢送的人群队伍中，歌唱声、呐喊声、恋人抱头不舍，亲人挥泪告别……这是"和平号"邮轮自1983年以来第62次从横滨出港了。

都是喜乐的泪水，都是欢笑的泪水，都是祝福的泪水，因为这将是人生难得的一次长途旅行……

以前从这里出发过的61次我们都没有见过，但是看到眼前的光景，远可以想象到以前在这里曾经出现的不舍场面。人是情感动物，这样的一次久别，一百多天时光，足以打开多少人感情的闸门，催出多少情感的泪水啊！

港口密集的送行人群

欢送的队伍中，虽然没有我们几位中国乘客的亲人，也没有我们的朋友，但是，此刻，我们真的好感激港口这些送别的人群，是他们的欢呼声，是他们热闹的送别场面让我们一行虽身处异乡，但并未觉寂寞，这种热烈深深感染着我们，滋润着我们的心田，催涌着我们的泪腺。

此次首次登上"和平号"的六位中国公民，此刻站在环球的邮轮上，一个个心潮澎湃，感慨万分，我们饱含热泪，向离我们越来越远的送别人群挥手告别，我们将远行，完成这次"超越生命的壮举"！

刚刚登上邮轮，什么也不懂，什么也不知道。在海上要航行一百多天，对每一位乘客来说，一切都是那么新奇！一切都是未知！相信随着这一百多天时光，我们会慢慢为一切未知寻找到最佳答案，化未知为已知，揭开海上生活神秘世界的面纱！

现在先来看看我们一百多天的住处，我将它称之为"家"的地方吧。

昨晚还住在横滨的一家酒店，那种"袖珍"房（请原谅我这样用词，我实在找不到更恰当的词了），是我平生第一次住。虽是我一个人住一间，也是一个人睡一张大床，但房间的书

我的窗外就是海洋

桌和床几乎连在一起，加上我的行李箱放进来后，如果要打开，都只能是优雅而斯文的慢动作。突然想到，淑女就是这样炼成的；又想蜜月的夫妻最好来日本度假，那一定会更显恩爱的！

躺在床上眼睛盯着天花板，联想着明天：邮轮的空间也就那么大，如果邮轮上我的房间有现在住的这么大，我也就心满意足啦……

想着想着，甜蜜地睡着了……

不过，现在来到邮轮上，我喜出望外，我住的房间比昨晚横滨酒店的大多了，一进门，左边有独立的洗手间，右边是两个高高的挂衣柜，挂衣柜下设有专门的鞋柜，鞋柜下还有两个密码箱！

从小的门厅进入后，就是两张单人床，一张南北向、一张东西向；另外两张写字台也是如此摆向；墙上挂着的电话可以联通每一个房间；电视机可以收到的除了许多国外台，还有每日船的前进方向……所有这一切真称得上是麻雀虽小，肝胆俱全！一百多天生活在这里，应该可以说是方便至极了！

好运总是垂青于我，多年已习惯于一个人居住的我，在横滨酒店一个人住，现在上船了，仍然一个人拥有一个单间，真是天赐我也！感谢命运！双手合十于胸前！

趴在床上，我看着窗外新鲜的一切，前行的邮轮激起的白色浪花变得越来越大……

第 2 天（5 月 15 日）

*

日出	日落	纬度	经度	水深	船速	气温	水温	风速	气压
4：38	18：47	31.21	134.54	3345	16.7	23	22	5～7	1012

第一次晨练

　　我属于那种极易适应环境的人，昨晚就像在家一样睡得香香的、甜甜的、美美的，平常出差亦是如此，于我而言，很难有睡不好的时候，算是福气吧！

　　睡到自然醒，基本上早晨六点左右起床，平常在家就会在楼下花园晨练。幼时养成的习惯，N 多年了，正如吃饭、睡觉一样，不能改了。今天已不是在陆地上自己的家中，得上甲板练功了。甲板上练功，将是何等状态，心中还不得而知，但很是期盼！

　　莫道人行早，更有早行人！早起的人们很多已经来到了甲板上，大家互相点头微笑，打着招呼。有来迎接清新海风的，有来甲板喝咖啡的，当然更多的是晨练者啦！一位老先生正打着太极拳，还有一位女士迎着海风

迎着晨曦晨练的我

*说明：1.本书表中数据单位：纬度、经度——度，水深——米，船速——海里／小时，气温、水温——摄氏度，风速——米／秒，气压——百帕

2.1 海里 =1.852 千米

3.以上日出日落时间均为航行时船上公布的当地时，到达某国时，船上一般不公布。

4.此次环球游均在北半球，纬度均为北纬；经度分东经和西经，在西经时，经度数后面均加"W"。

静坐……此时栏杆成了我平常压腿的把杆，地面干干净净，一尘不染。早已不是钱钟书先生在《围城》里描述的"等一会儿甲板上零星果皮、纸片、瓶塞之外，香烟头定又遍处皆是"的二、三十年代了。

迎着第一缕海面晨曦、吸纳着清新的海风练功，这是陆地上任何地方都无法奢望的！

逃生演习

邮轮上小广播是通向每一个房间的，一旦有集体活动，或者其他什么事情，都是通过这个小广播传向每一个房间，通知到每一位乘客。不过，真的想告诉你，广播里除了日文、英文，目前还没有中文。中旅

逃生演习

社负责人为我们配备了一名中文翻译，所以，听完广播，还正在纳闷时，电话铃就会响起，翻译小唐总会在第一时间将广播里的内容用中文传到每一个房间。

上午 10 点，广播里通知所有船上人员带上救生衣到顶层甲板集合，参加第一次逃生演练。今天是登上邮轮的第二天，在这个时候马上学习救生、自救，让我想到的是"生命诚可贵"！

船上一千多人不能聚集在同一个地方，乘客兵分两路，我们上了顶层甲板，另一半人就安排在另一层的后甲板。

大家都是第一次穿上这种救生衣，好奇地仔细研究，工作人员在上面细致讲解，我们也就在下面认真听讲。

有些客人这里捏捏，那里碰碰；有些拿着口哨吹吹，又亮亮指示灯。突然想起电影《泰坦尼克号》中 Rose 落在水中拼命吹口哨呼救的情景来。登船之前是想了很多的，这么远的海上航行，与其说是一次环球旅行，不如说是一次对生命的挑战，更可以说是一次历险！前方路途遥遥，不可预知的东西太多，如果此时还有惧怕的心理存在，那我想，是不是跨出这一步，暂时得先放一放了。

其实，人生本身就是充满无数历险、无限挑战的！

晚上七点，在南太平洋厅参加船长欢迎会，留着长发的德国船长，潇洒地走向舞台中央，热烈欢迎来自不同国家的乘客。透着幽默风格的船长，每一句话都引得台下的听众欢声不断。

船长向乘客介绍船上有来自25个国家的工作人员366人；志愿者235人；乘客964人，日本客人占总客人的95％。

船长对于首次登上和平之船的中国乘客作了特别介绍，让我们感觉温馨备至。此时我心里仿佛还有某种使命在驱使，作为一位长期从事健康专业的人士，作为一位中国职业女性，我除了在邮轮上要教授瑜伽，还能做些什么呢，还应做些什么？……

欢迎会后与一群日本青年

船长举起了手中的高脚酒杯，与乘客们一起祈福"和平之船"平安航行！

有了！我还有很多的事情可以在邮轮上实施，我坚定地、甜蜜地笑了！

第3天（5月16日）

日出	日落	纬度	经度	水深	船速	气温	水温	风速	气压
4：43	18：42	27.04	129.33	2144	16.5	27	25	17～20	1004

久井法子

早晨依然在甲板练功，昨日还有些畏惧，因为这不是在四平八稳的陆地上，一些高难度平衡动作不敢尝试，今天已是登船后的第三天，不怕了，头倒立莲花盘腿都没有问题了；无论风浪多大，一直可以坚持倒立几分钟之久。实际上那种惧怕，来自自己心里。

直到我倒立下来后，听到了一阵掌声后，才发现一位日本女士笑吟吟地站在我身边对我竖大拇指，并热情地向我介绍叫久井法子。看到我一大早在甲板上练习瑜伽，法子显得异常激动。我们便开始用三国语言交流（蹩脚的日语、不太流利的英语、中国南方普通话），还加上了形象的肢体语言。

　　久井法子在日本是音乐教授，现在已经退休在家，多年前，法子在东京开始习练瑜伽，但中途因为忙碌，没有坚持下来，最近又刚刚恢复练习。原本想上了船，又得遗憾地中断练习三个月，现在见到邮轮上竟有来自中国的瑜伽老师，觉得简直太幸运了，欲拜我为师。

速画家

　　久井法子兴奋地和我边聊边拖着我下楼，来到八层阳光餐厅一起用早餐。每天早上，这里备有咖啡、红茶、各类点心。你可以沐浴在海风中，边迎接太阳从海面上升起，边享受和阳光一样热情的苏格兰服务员递到你手中的丰盛早点。

　　一会儿一位男士向我们走过来，递给我一张明信片，用日文叽里呱啦说了一大堆，那意思仿佛是要将手里的明信片送给我，我有些愕然！当发觉我

速画家

我的背影

7

听不懂后，他立即改用不太纯正的英文与我解释，他不知道我是中国人，因为刚刚上船三天嘛！都是东方面孔，大家互相不认识，现在也正好相互介绍一下——他是来自日本的速画家，我告诉他我是来自中国的瑜伽老师。看到那张明信片——啊，这画的不是我的背影吗？礼尚也往来，我立即从包里拿出一张来之前特别为登"和平之船"制作的名片送给这位速画家，我们互相举着交换的名片与明信片，法子手中的相机按下了快门。

这位速画家每天在船上到处行走，不到一分钟，寥寥数笔，一幅人头像就栩栩如生的从他的笔下画出来。船上真可以说是卧虎又藏龙，后来我们见到了不少高人，有日本的知名作家、摄影家、医生、歌唱家等等，自然这是后话，待以后慢慢介绍吧！

融入船上生活

没事跑到甲板上晒太阳真的非常惬意，现在大家见面都会打一声招呼"Ohayo"或者"Hello"，因为整个船上只有六位中国乘客，日本乘客占多数，所以，还真有点入乡随俗的味道了。四周走了一圈，有拿着手提电脑在这里写文字的，有画速写的，有年轻人弹吉他的，有老年人躺在躺椅上晒日光浴的……

邮轮上生活可谓多姿多彩，这是我以前的生活中不曾有过的。这里向我展示了一个全新的世界，我想不应只是对于我每天"秀眼前浪翻浪卷，观天上云展云舒"的，相信对于大多数乘客而言都一样，现在慢慢感受着这一切新奇。这是一种极为闲适的生活：此刻脑海中闪现的词是：放松、惬意、舒坦、随意。

旁边的咖啡吧已有年轻人在边喝咖啡边聊天。刚才从七层走过，一些年轻人正在准备航行的第一站——越南岘港的行程，与越南青年联欢，随后他们将对某中学进行访问。中国客人选择的是另外的线路，去惠安古城及博物馆。

昨夜下了整夜的雨，早晨甲板上到处湿漉漉的。上午还是阴天，下午

甲板上弹着吉他的年轻人

阳光竟是如此普照,"雨过后天空将更晴朗"的道理从陆地上搬到海面上运用,感觉更为贴切。人生不亦如此吗?偶尔受些挫折、经受些委屈算得了什么?"不经历风雨,怎么见到彩虹"呢?

阳光就这样毫无保留地无私地照向海面,笼罩在甲板上每一个人身上。远远的,除了我们这条邮轮,茫茫海面上什么也没有。这是初夏,阳光不灼人,我觉得太奢侈了,真想用一块布将阳光裹起来,带进船舱内慢慢享用……

时光就这样从指间慢慢流过;

时光就这样从蓝天白云间流过;

时光就这样从年轻人的吉他声中流过;

我没有想到,后来久井法子成了我船上最好的朋友与瑜伽学生,我将她培养成了瑜伽老师,她分担了我的很多工作,每天早上五点半她开始教授瑜伽,直到离船的前一天,她仍坚守岗位。

后来那位速画家又为我画了无数的速画,不光是为我,他为船上很多客人留下了精彩的瞬间。

我也没有想到,我后来与船上许多工作人员交成朋友,与许多乘客建立了深厚的友谊。同船百日,解读了"百年修得同船渡"的深刻道理!

真想用一块布将阳光裹起来

🌏 第4天(5月17日)

日出	日落	纬度	经度	水深	船速	气温	水温	风速	气压
4:51	18:11	22.43	124.17	6133	15.5	27	27	15~20	1004

邮轮上的瑜伽课

到邮轮上教授瑜伽也是我此次行程的工作之一，由于各层教室排不开，安排的各类学习太多，有西班牙语学习班、法语学习班、太极拳班、跆拳道班、插画班、茶道班……感觉就像是一所地球大学。等你来到邮轮上，你就明白只要你想学，就会有老师教授你。你想教授别人什么，你就尽管施展自己的才能，这里为你搭建了最好的平台，提供了最佳的场地。

上船前，朋友问我，这么远的行程在海上漂，会不会寂寞呀？我当时因为一无所知，无从作答，现在邮轮上似乎每一个人每天的时间都不够用似的。就拿久井法子而言，早晨和我一起练完瑜伽，一会儿又去西班牙语教室学习，再又去了太极拳教室，忙得不亦乐乎。我笑她好动，她说在日本基本上就没有时间做这些，一回到日本这样的学习课程收费都很高，现在得趁机会抓紧学习。

开船才几天，邮轮上工作人员实在忙碌，由国内我所在的青鸟瑜伽公司赞助的瑜伽垫，现在还没有开始发放，大家没有瑜伽垫，就拿着大浴巾在甲板的地面上和我一起习练起来。我只有教大家多做站立的动作，风太大，平衡实在不好掌握，于是旁边的栏杆起了作用，大家依扶着栏杆将一条腿抬起来，随着邮轮的摆动，所有的人都摇摇晃晃起来，我笑着告诉大家这是真正的"风吹树式"。

晨风中的"风吹树式"

学会分享

别坐在房间写文字了，带着电脑上甲板吧！伴着美妙的音乐，邀请你和我一起来享受这海风，享受这海浪……

刚刚洗过的长发，随着海风自由地飘舞起来，长长的飘纱裙也随风舞动……

好了，旁边的帅叔叔想和我合影，又有什么不可以呢，增进友谊嘛！

许多年以前，就学会了分享这个词，所以整个这段美妙时光，都会和你一起分享，和你共享环球一百多个日子里的每一次日出、每一片晚霞、每一阵海风，每一个海浪……

我真的不愿放过任何一点，真的是想点点滴滴和你共享。相信你会随着我一起心跳，随着我一起感动……

帅叔叔和我合影

第5天（5月18日）

日出	日落	纬度	经度	水深	船速	气温	水温	风速	气压
5：17	18：24	20.02	118.10	2970	15.7	30	28	14~18	1000

与海鸥共舞

少女时期读过琼瑶的小说，海鸥飞处彩云飞。浪漫的爱情故事深深根扎在许许多多少女的心田，我也是其中之一。从那时起，海鸥对我而言就有一种越来越亲近的感觉，她在我心中仿若也成了爱情的化身。似乎有大海、有海鸥，那里就会出现爱情。

今天的太平洋海面显得异常平静，从早上开始至中午时分，几十只海鸥一直在邮轮上空盘旋，她们一会儿冲向云层、一会儿潜入水中，在空中摆出各种漂亮的身姿，那种飘逸洒脱的身影，使我顿时萌生出"随风而去，愿伴海鸥舞长天"的感觉来。海鸥热闹地舞着，无惧邮轮上那么多摄影者的镜头。

她们一定是喜欢海面来往的邮轮，不然不会紧跟着我们的邮轮前行这么远。

与人类相比，她们更喜欢大海，所以，她们宁愿以邮轮作为歇脚点而热闹地舞动翅膀。人与大自然的和平相处在此处已是体现得淋漓尽致。这群海鸥——会跟着我们的"和平之船"飞多远呢？

停下笔来，对着海鸥又是拍照、又是摄像，心中祈盼：海鸥啊，就这样跟着我们绕地球一周吧！其实心里更清楚，这又怎么可能呢。每一种海鸥，都有自己的飞翔领域，跨过这个领域，海鸥恐怕也会无所适从，就如人类也有地域性是一个道理。

🌏 第6天（5月19日）

日出	日落	纬度	经度	水深	船速	气温	水温	风速	气压
5：16	18：17	17.31	111.43	1478	15.5	33	28	10~15	1004

靠港地说明会

如果你喜欢旅行，你会在出发之前尽可能多地了解将要去的那个地方的地理、地貌、地方特色，你想要了解的，都会提前作一个资料查询。现在，我们在邮轮上，跟着大部队，不用自己去翻阅资料，船上每一站到达前都会有靠港地说明会。

明天就是环球一周靠港地第一站——越南岘港。也不知为什么，船上的这种安逸生活，我已经特别适应，竟是哪儿都不想去了。也就是说，上不上岸，于我而言，似乎已经不太重要。我不是一个喜欢走动的人，以前朋友常问我，如何才能让自己的心静下来；我还反问人家，心怎样才能"动"起来。平常的日子里，偶尔和朋友一起外出用餐或在路上走，朋友说，看多么吵闹！我却只有在朋友语言的提醒下，才能感受到"哦，是有一些吵"，如果不经提醒，我是很难听到的。以前父亲常说：心静，一切皆静。多年过去了，这种感悟变得越来越深。

与海鸥共舞

现在邮轮上这种生活状态，让我感觉如在家一般舒适。我曾这样描述自己：

一间小屋；

一个女人；

一杯清茶；

几许梦想……

生活中不求太多事，简单一些便自然心静！

现在对大多数乘客而言，要下船了当然异常激动。我虽没什么激动，但毕竟是出来旅行，也不至于脱离大部队，一定会随着我们的队伍前行。

在靠港地说明会上，年轻的志愿者们会对这个港口的历史文化、古迹等做一一介绍，对我们各条路线的参观景点分别介绍，当地的治安情况，外出的注意事项，我们随身必须携带的物品，当地使用的货币……

对我这个不爱操心的人来说，简直是太妙了。不过，对于喜欢独处的我而言，一个人外出旅行也是常有的事。其实，每个人的性格都应该说是多重的，于我而言，当有依靠的时候，尽量去依靠，没有依靠的时候，就完全靠自己。你属于哪样的一种性格呢？

靠港地说明会

越南 Viet Nam

　　越南位于中南半岛东部，东濒南海，从地图上看，典型的国土南北狭长。国土面积约32.96万平方千米，高原、山地、丘陵占总面积的80%以上，人口约8700万，有60多个民族，以京族为最多，占全国人口的84%。少数民族有岱依、傣、苗、芒族等。居民多信奉佛教，通用越南语。

　　越南矿产资源丰富，有东南亚最大的鸿基煤田和老街磷矿。森林资源也很丰富，有铁杉、玉桂木、花梨木、柚木等贵重木材，印度四大名木之一的格木驰名国际市场。

　　越南旅游业发展也迅速，有西湖风景区、下龙湾、文庙古建筑群、历史古都顺化等游览胜地，以及大叻、三岛山、沙坝和河仙等海边城镇和避暑胜地。

　　我们将要参观的岘港是越南中部最大的城市，也是越南第三大城市，它环山抱水，闲适恬静，但这里也曾是战争时期南越最大的美军基地。

越南货币使用越南盾，1元人民币＝2608.3138越南盾

越南时间比北京时间晚1小时。

导读：淳朴的越南，恬静的岘港，你还会想到这里曾是战火纷飞的硝烟战场吗……

第一站　越南

 # 第7天（5月20日）

淳朴越南情

　　每天睡到自然醒，这是很多人的美好愿望，我的自然醒，一般就是日出之时。我常说我是最典型的农民生活方式：日出而作，日落而息，晚上当然是睡得格外早。有一次，我一个好朋友晚上10点给我打电话，因我晚上睡觉前电话拔掉，手机静音，当然接不到；第二天她问我，昨晚怎么不接电话，我说睡觉了，她惊讶大叫："二十一世纪还有你这种人！"

　　我向来顺应天时的自然作息规律。今天一觉醒来，又是5：30。从不习惯关窗帘的我，一咕噜坐起来，瞪大眼睛看向窗外。茫茫大海中航行了六天六夜的和平之船，此刻竟然前方出现了陆地——窗外出现了云遮雾障的绵绵群山。自横滨出发，邮轮一直横渡在太平洋上，陆地——真是久违了！

　　山离我们越来越近，越来越清晰，啊——邮轮快靠港了。许多人端着相机直奔顶层甲板——此刻那里是最好的观光台！

　　登上高高的甲板顶层，更没有想到，我们的和平之船几乎被绵延山脉包围其中，更确切地说，是山

脉以最热情的方式张开双臂，环抱着这艘远道而来的邮轮。

　　绵绵的群山，托起清晨的薄雾，随着邮轮的晃动，山似乎也晃动起来。站在船舷边，感觉到底是山推着邮轮晃动；还是邮轮推动着群山晃动，已全然不知，真是只缘身在此山中！突然想起特别喜爱的张惠妹那首动人的台湾歌谣："绵绵的青山百里长呀……我站在高岗向远处望，那一片绿色海茫茫……"，若在此时唱出，便是最恰当之时。

　　甲板上早起的人们有的举着照相机，有的端着摄像机，忙得不亦乐乎。美丽的越南岘港晨景被早起的人们全部收进了镜头。

　　今天的越南之行如眼前美景，让人充满遐想、充满期盼……

　　昨天天气预报今天有雨，还要求大家携带雨伞。而今天一大早热情的太阳就出来迎接我们，已全然不见下雨的迹象。

　　应该说，船是6：30就已经靠港，但与当地海关的交涉，加上船上乘客兵分四路，有k线去会安古城购物、观光的游客；有呆在船上哪儿也不去的游客；有自由活动的游客；我们是L线，参观博物馆及当地民居，所以等到正式出发已经是8：30了。所有人在My fair lady*排队等候命令，跟着自己的队伍走。

　　我们一行随着导游穿过大街小巷，来到一间民居，这家的女主人正在门口辛勤地做着卷饼，旁边已经是堆得小山一般高了，一看便知是早早为我们备好的。

　　虽然是进来了一大群人，但是村妇只管自己埋头做着，并未抬头，导游叫大家品尝卷饼，香香的、脆脆的，味道还真值得夸赞。一位年纪较大一点的游客站在柴火边边品尝边与腼腆的村妇聊起来，原来村妇就靠着出售卷饼供着两个孩子上学呢。老者边吃边发出"啧啧"声，表示实在好吃，在这里吃不够，说着拿出一些货币交到村妇手中，用塑料袋装了一大包卷饼，开心地说要带到船上慢慢享用。

　　午饭安排在另外一位农民家中。导游指着不远处一户飘着炊烟的民居告诉我们在那家用餐时，我们兴奋极了。因为船上长时间的西餐让许多人已经

----

　　*My fair lady 是大型会议室，船上大型会议、活动都在此举行，后来也是我们的瑜伽教室。

不太好恭维，多久前就想下船吃一些炒菜了，特别对于我们几位中国客人而言更是如此。

来自广州的老周夫妇平常行走于世界各地，对于越南并不陌生，一边走，老周一边笑：越南饭菜不错啵，跟中国的差不多哟，终于要吃到中国菜啦！哈哈！两夫妇笑得如孩子般开心！

我们还在外面，远远就闻到香喷喷的饭菜味道了。

趁着饭菜还没有上桌，到处转一转吧！

屋旁有着一大片菜地，小鸡自由地在菜地里啄食，长长的冬瓜吊挂在瓜棚上，丝瓜藤调皮地攀沿上屋顶，还有叫不出名字的瓜，挂在这家客厅的窗前，形成一道别致的窗帘。我们这群久违乡村生活气息的人贪婪地吸取着田园的清新，眼里看着，鼻子闻着，心里装着，还只是怀揣着才不枉眼前这难得的风景……这不分明就是陶渊明笔下的世外桃源吗！

做卷饼的村妇

我们正在享用晚餐

摆在地上丰盛的饭菜

我们正在菜园间享受着泥土的芬芳，一声"吃饭啦"！男主人的声音将我们从世外桃源唤回到现实世界中来，虽然不能完全懂，但肯定是这个意思，是呀！肚子开始闹意见了呢！

进得客厅来，哇！满桌——不是；满地——也不对；准确地说——是摆在地板凉席上的丰盛饭菜，好诱人啊！红红的大虾、农家小炒肉、青椒炒猪肝、长长的米粉、绿绿的青菜……这是在越南吗？已完全像回到了自己的国度，吃上了中国饭菜嘛！

我们不同国籍的几位乘客边吃边共同称赞菜的味道，这是离开横滨后，吃得最合口味的一顿饭。

家里的小猫、小狗嗅到香味后在我们用餐时来回穿梭于席间，主人将它们一次次赶走，我们却不时夹一些菜肴放在一旁饶有兴趣地看它们吃。

　　回程的大巴行驶在田园的小径上，一路闪过的风景仿佛是我儿时见过的，是那种梦里萦绕过的。很多人都会有这样的记忆！

　　依然是绵绵的群山，但清晨的薄雾此时已经完全化开，早晨热情的迎宾队伍此刻已变成送别的队伍。迎接总是美好的，总说笑脸相迎；而送别总是不舍的，所以才有依依惜别！带着淳朴的越南情，我们在无限感动中返回了"和平号"。

　　邮轮上荡气回肠的起航音乐缓缓响起，游客们站在各层船舷边向港口送别的人群挥动着手臂，志愿者们站在最高的甲板顶层不断向港口抛洒出彩带，越南青年在港口码头上奔跑着接住，一根根彩带连接着船上志愿者们及港口越南青年的心……

　　这是又一次身在异国，又一次远在他乡，这已不是从横滨的起航，这里

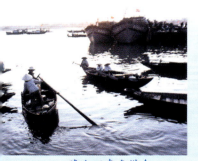

晚上回来鱼满仓　　　　　　　　路边一景　　　　　　　　彩带风中飞舞

是我们环球的第一站——越南。

　　船缓缓前行即将离开岘港，那彩带便在海风中飘扬，飘向了空中。

　　送别的人群脸上挂着不舍的泪水，船舷边的游客拭擦着夺眶而出留恋的泪花。

　　阳光照耀在巨大的"和平之船"上，彩带在风中飞舞，泪花在空中交织，耀眼的阳光下，它们绽放成一朵朵礼花洒向空中，定格成永恒……

🌎 第8天（5月21日）

日出	日落	纬度	经度	水深	船速	气温	水温	风速	气压
5：17	18：04	11.38	109.26	110	16.2	29	27	18~22	1003

为汶川地震募捐

我们出行的前一天，汶川地震，但灾情如何，几乎不得而知。邮轮上的无线网络一直还没有通，对于灾情我们不甚了解。只是偶尔广东客人周先生的卫星电话可以接到一些信息，告诉我们死伤多少人，又失踪多少人，我们才略略得知这次地震非同往日，损失惨重。

昨天，我们中国乘客兵分两路，一路走"L"线探访民居，另一路是自由活动。自由活动的一路找到了当地网吧，下载了许多地震后灾区的图片。晚上，我们几位中国乘客临时召开紧急会议。会议间，当我们看到地震后的照片——展现在我们面前时，真是触目惊心，张张画面惨不忍睹。

原计划明晚的演出也因为大家沉痛的心情而取消。国内已经降半旗三天，所有文艺节目取消三天，网络的图文全部变成黑色，我们身为中国人，在这远洋的邮轮上，面对受灾的祖国，哪里还有心情唱歌、哪里还有心情演奏，我们与国人同呼吸、共命运，取消演出后，我们发起了赈灾募捐晚会。

志愿者早早将会场布置完毕，题目是"中国四川大地震的报告"。音乐一直在反复播放中国民乐二胡独奏"二泉映月"，真的不知道这群志愿者在这样有限的时间空间里，从哪儿找到的这支催人泪下的悲哀曲目。

一位身着旗袍的年长女士手持一个募捐箱，饱含热泪地开始用日语讲话，并不断深深鞠躬，很多人往她的募捐箱里慷慨解囊。我走到她的身边，深深鞠躬，用日语向她表示感谢，她却用流利的中文告诉我，她是日本人，由于自己经常出访台湾，所以对于中文非常热爱，对于中国更加热爱，而且喜欢中国文化，所以眼前所有的一切，都是她最想做的。

我感动于这位女士的朴实语言，感动于女士此刻的行动。此时更多热情而善良的人们纷纷解囊，将随身携带的现钞塞到志愿者们身前的募捐箱中。

连续三天，这群志愿者，在午餐和晚餐时间将募捐箱挂在胸前，牵拉着长横幅"中国汶川地震了，需要您的支援"，并对前来捐款的乘客深深鞠躬致谢！后来出现了更多的像那位女士一样的年长者，有女士，也有男士……

作为中国人，我也要向这些志愿者们表示衷心的感谢！让我真诚地鞠一躬：谢谢你们！

第9天（5月22日）

日出	日落	纬度	经度	水深	船速	气温	水温	风速	气压
6：31	19：03	6.16	106.51	50	15.9	30	30	3~5	1002

梦想

我受三毛散文的影响很深，曾经梦想自己在海边拥有一座房子，每天可以沐浴在海风中，遥望着大海写文字。现在阳光从玻璃窗外照进我的房间，透过窗户，我不仅能看到太阳，看到被阳光照耀着的波光粼粼的海面，而且这太阳是移动的，这海水也是移动的，海风更是千变万化的。

今天我们在亚洲，明天或许就跨入了欧洲；早晨还在印度洋，晚上则可能到达了大西洋；因为我的"房子"在移动……

这座移动的房子，这座让我静心写作的海洋中间的"房子"，远远胜过了我梦想中的海边的房子……

以前在国内，大部分时间总喜欢躲在屋子里享受文字。当感动于别人的美妙文字时，又希望让自己的文字去感动他人。

现在在这天地茫茫的海面上，乘坐着邮轮，让我们环绕着地球游历一周。让你足可以在行万里路的同时，还可以读万卷书！也就是说，你既可以享受文字，又可以让自己的文字随船而舞。你说这样移动的房子是不是也是很多人所期盼的呀？这样的梦想是不是更多的人都想拥有呢！

一个人总要有梦想才好，明日抵达新加坡。

新加坡 Singapore

新加坡位于马来半岛南端，由新加坡岛和附近的岛屿组成，是著名的城市岛国，也是有多彩文化和宗教背景的多民族国家。

新加坡境内地势平坦。面积约 683 平方千米，人口约 499 万，76.9％居民为华人，其次是马来人、印度人等。马来人和巴基斯坦人多信奉伊斯兰教，而印度人则是信仰印度教，华人多信奉佛教，此外这里也有少数人信奉基督教。马来语为国语，官方语言有华语、马来语、泰米尔语和英语 4 种。

狮城新加坡

新加坡位于马六甲海峡的东口，处在太平洋和印度洋航运要道上。位置优越，港口优良。但自然资源缺乏，粮食、蔬菜均靠进口。经济以转口贸易和金融为主。

新加坡街道整齐，绿树成荫，鲜花遍地，环境洁净，犹如一座美丽的大花园，誉称"花园之国"。

新加坡旅游业发达，现已成为"亚洲旅游王国"和旅游购物的天堂。著名的旅游地有：牛车水、小印度区、阿拉伯街、皇家山等等。我们今天就将游览这些地方。

首都新加坡是全国政治、经济、文化中心。新加坡又称为狮城、星洲或星岛。

导读：干净中，透着浓浓现代气息的岛国。几天几夜的航程中，邮轮上举行了千人运动会；有了一个不能说的秘密……

第二站　新加坡

 第 10 天（5 月 23 日）

新加坡——花园之国

未出发之前，就查阅《世界地理》，以便更多地了解途中将经历的众多国家。

新加坡位于马来半岛南端，由新加坡岛和附近的岛屿组成，是著名的城市岛国，这一点我们从离新加坡港口越来越近时就感觉到了。

新加坡是有着多彩文化和宗教背景的多民族国家。只有 499 万的新加坡人口，华人占到 76.9％，今天当我们行走在华人街头时，耳边不时传来的亲切的国语声，让我们感觉仿若并非身在异乡。

也不知什么时候不小心将太阳镜弄坏了，夏季我实在是喜欢将炎热遮挡于太阳镜外，当然必须重新买。

来到一家眼镜店，迎接我的是一位刚来新加坡三个月的安徽女孩，样子长得十分可爱，一阵寒暄后，我也高兴地在这家店里购得了一副漂亮的太阳镜。

新加坡除了华人，马来人，还有小部分印度人。当我一个人闲逛在阿拉伯街道时，来到一家书店，进去翻翻书，老板是一位腼腆的印度年轻人，当我正坐在一张椅子上看天书的时候，腼腆的年轻人竟主动走过来问我拍不拍照。

一位老者慢慢向我们走过来，年轻人向我介绍那是他的父亲，父亲又拿着我的相机为我和他的儿子拍照，好心的老人让他极为腼腆的儿子站得离我更近一点、再近一点，连着拍了好几张，本来想与慈祥的老父亲也拍几张，可是，归队的时间到了，必须离开了。

"再见了，老人家；再见了，年轻人……"我走出店门，回头望着目送我的老人与年轻人，双手合十，心里为他们默默祝福！

由航行在大海中的大邮轮换成小船在小河中游览也另有一番风味。许多游客惧怕骄阳，躲在舱内，我特别喜欢亲近太阳，于是和导游一起坐到了视线辽阔的敞篷的船尾，椰树摇曳、和风拂面，我们大声地唱着歌、不断向两边拍着照。忽然想起邓丽君那首用马来语唱的："马来西亚春色路边景致如画，椰树映照……"我随口唱了出来，

导游惊讶地："你还会马来语？"

我不好意思笑了："就会用马来语唱这首歌，不会讲马来语。"

但是导游依然显得非常开心，因为导游会讲马来语……

快看呀！岸边几个孩子正准备跳水，哦，一个已经起跳了，另一个孩子调皮地推动着身边的那一个，旁边还有一位唯恐跟不上，边跑边脱短裤。真是一群顽皮的孩子，多么幸福无忧的童年时光啊！是谁定格了这一刻？！

没想到新加坡的晚餐安排在一家四川餐馆，一进接待厅，桌上几大瓶制作精美的鲜花吸引了我的视线。我特别容易被这样的一些小东西吸引，通常是别人该注意的我难以注意到，而大家都忽略的我却特别在意。就比如说吃吧，我对于口味并不太在意，但我对用餐的环境却是要求挺高的。

来到了中餐馆，当然适合我们中国乘客的口味！上菜之前，精彩的茶

"一群顽皮的孩子"

狮城 新加坡

艺师给我们表演了美妙绝伦的茶艺，我特别佩服这种心手合一的绝顶功夫，能在新加坡碰上真是好运气！

一碗碗配有枸杞、龙眼、菊花、冰糖、百合芽、茉莉、麦冬、红糖的，真正的中国特色八宝茶，摆放在我们眼前，多诱人呀！紧接着十道正宗的中国菜陆续呈上来，我们几位中国游客吃得极为尽兴，可以说是继越南农家菜之后的又一顿美味佳肴。

但轮到日本客人却没有那么舒坦了。"太辣了，太辣了！"他们张着嘴，做出了种种古怪表情，但也仅只是说说而已，仍然抑制不住那辣味的诱惑，还是不自主地吃着。突然脑海中闪现出北京一个连锁餐馆的名字来——"麻辣诱惑"，真是绝顶的好名字！

夜，太累，早早睡了！

第二天早餐时才知道，邮轮凌晨二点静夜中已经离开新加坡港口，进入马六甲海峡，继续西行，将经过九天九夜横跨印度洋，去下一站——阿曼……

新加坡夜景

小贴士

　太阳镜　长途旅行中，最好带上2～3副不同颜色、不同款式的太阳镜，一是可以搭配不同的服装，二是防止弄丢或弄坏时，以便备用。

🌏 第 11 天（5 月 24 日）

日出	日落	纬度	经度	水深	船速	气温	水温	风速	气压
6：57	19：21	2.22	101.44	24	15.6	29	30	5~8	1002

不一样的海风

　　每天下午在甲板的阳光餐厅都备有咖啡、红茶、点心，我是每每必到的。

　　前天为汶川地震募捐一天，加上昨天又在新加坡游历一天，身体显得有些疲惫。本意想晚一点起床，可是这从小养成的早起的习惯实在是改不了。5：30生物钟准时唤醒了我。

　　早饭后本来想回到房间睡个回笼觉，躺在床上盯着天花板，脑子里却在打文字战——太多的文字必须赶出来，图片也需要整理，无法睡着了！

　　还好，今天星期六，几个教室没有安排什么活动，比较清闲。

　　从新加坡到约旦需要航行九天九夜，这几天最好，对我而言可以写很多东西，所以，没有前两天那么忙碌，可以拥有大量时间来写文字了。

　　来之前，朋友就告诉我，你会沿途发现海水的颜色不一样；海风的味道不一样；天空的颜色也不一样。这些都是由于海水的深度、所含矿物质、阳光的照射等形成的。

　　哦——是吗？

　　抬头望望，天空的颜色真的不一样了，一路行来，有些海域上空呈灰色，有些地方呈深蓝色，有些地方则是浅蓝；低头看看，海水的颜色也不一样，如天空一般，也是深灰、浅灰；深蓝、浅蓝。

　　深深吸一口迎面的海风，更加不一样，有时感觉特别咸；有时甚至湿润得让你感觉张开嘴嘴唇上似有水珠一般，有时又感觉有点儿涩……

　　太平洋的上空，天空是蔚蓝蔚蓝的，白云朵朵。而现在，从新加坡到约旦的第一天，邮轮行驶在马六甲海峡，蔚蓝的天空变成了淡蓝色，云层也不是白色，而是变成了满大片的灰白；海水也不是蓝色，似乎成了绿色。

　　海风的味道不一样，很干爽、很纯净，纯净得如过滤了一般。从你的鼻腔通过，什么也不留下。不像在太平洋上时，那风儿是不愿轻易吹过的，要在

陶醉在午后的艳阳里

你的肌肤上、你的鼻腔里留下一些什么，如仙女臂上长长的丝带，似要挽住你……

太平洋上的海风是留恋的，现在还有那种感觉。哦，忽然觉得那种感觉又仿佛只在记忆中，肌肤上留下的，又被此刻的海风吹得干干净净、利利落落了！

甲板上，太阳高高地照着我，能量仿佛只给我一个人，其他的旅友都躲到遮阳的地方去了，我好幸福、好温暖、好拥有……

邮轮有节奏地发出轰鸣声，欢声笑语从下面不时传来，只有我一个人，陶醉在午后的艳阳里。

喝了一口咖啡，远望海面，偶尔有船只经过，远远地，我们互为风景，互相祝福……

🌏 第 12 天（5 月 25 日）

日出	日落	纬度	经度	水深	船速	气温	水温	风速	气压
7：13	19：48	5.38	96.24	1150	16.2	28	31	2~4	1002

万水千山总是情

每天我们几位中国客人一起围在餐厅进门的第一张餐桌上用餐，餐桌上，我告诉大家我又学会了一首日文歌，大家说听不懂，留着给日本朋友唱吧！

周先生说："唱什么日文歌嘛！会不会唱粤语歌啦，唱一首粤语歌听听。"

我说当然会啦，于是，我开始唱"万水千山总是情"。当我唱到其中的："白云过山峰也可传情……"时，周先生习惯性地拉着长长的广东强调说："吧文（bawen）啦！不是吧云（bayun）啦，你这水平在广州只能算二流的啦！"我忙提高自信："在北京，我唱粤语歌可是一流的啦！"周太太边吃边打趣："我们又不知道你在北京的情况，随你讲好啦，哈哈！""没有啦！在北京的 KTV 我唱粤语歌真的很棒的！"我不甘示弱。

"哪天我们合作一首，我带了二胡来！"说到周先生的兴奋点了。

"算了算了，你那二胡几十年都不拉了，还到这里献丑，真是的！"周太太阻止着周先生。

"那有什么关系啦，我又不是表演，自己娱乐不行呀！"

"什么娱乐嘛！在家也没时间拉，到了船上来拉，手都生啦！"周太太依然不依不饶。

就是因为"在家没有时间嘛？到船上不是放松吗？有什么不能拉的！"周先生绝不退让。

"反正你不要拉！"周太太态度坚决。

"反正我就是要拉！"周先生笑着作对。

"没事啦！周先生到时候拉给我们听吧！"全体起哄了！

"OK，OK，thank you，thank you."可爱的周先生在大家起哄下摆出了胜利者的手势，用在船上学到的英文拼命表白，开心地大笑起来。

周太太高挑着眉毛佯装赌气似的，一句话也不说了。

每天我们几位中国客人就着这样围坐在餐桌上，谈笑风生地吃完一顿顿午餐、晚餐……

我和周先生什么时候会有合作吗？周先生什么时候真的会演奏一下呢？旅途还很长，我们慢慢等待！

万水千山总是情

🌏 第13天（5月26日）

日出	日落	纬度	经度	水深	船速	气温	水温	风速	气压
6：34	19：02	5.54	89.42	2667	16.6	30	30	6~8	1002

瑜伽论坛

今天是上船的第 13 天了，早已计划好的《瑜伽论坛》终于于今天上午在 My fair lady 进行，志愿者将会场布置得整洁干净，《每日新闻》*也在昨天将此消息刊登出来，两百余名瑜伽爱好者来到了会场。

我给大家介绍着瑜伽的历史、发展、好处等等，翻译小唐一直不停地将我说的每一句话翻译成日文，我知道这种翻译真的特别为难小唐，因为专业词汇太多了。就如我清楚我自己，可以很娴熟的用英文教授瑜伽课，但是平常的交流我不是特别流畅一样。论坛结束，大家最后排着长队领取飞过千山、跨过万水，从中国空运过来的"李宁牌"青鸟瑜伽垫，又排着长队等着我一个个签名、合影，只在国内有过如此经历的我，此刻也感动于这邮轮上签名的场面！

排队领取瑜伽垫

🌏 第 14 天（5 月 27 日）

日出	日落	纬度	经度	水深	船速	气温	水温	风速	气压
7：02	19：39	5.51	83.24	4085	15.7	30	29	6~9	1004

小纸船

每天从早上日出拍到晚上日落的照片，总会在临睡前从相机内导入电脑。当此刻从电脑屏幕上再次看到那一叶叶小舟在印度洋上轻轻漂浮时，突然想

---

*《每日新闻》：船上的报纸，每期介绍船上的一些著名人物，介绍每个教室的各种活动，时间调整也在报纸的显要位置。

到这附近除了斯里兰卡、马尔代夫，就是印度了，这些印度洋上的小舟，白天漂了一天，此刻会在哪里呢？心里放心不下它们。本来浴后准备睡觉的我，忙又披衣跑到甲板上，我住五层，甲板在九层，我一边跑，一边想，小舟上的人们，我不希望在夜里再看见你们，希望你们都回家了。

来到甲板，一群年轻人坐在地上轻轻弹唱，两位美国女孩倚在栏杆边吹海风，我欣喜，没有看到我想看到的一幕——放下心来。

可是刚刚从明亮的地方来甲板上，面对夜的海面，什么也没有；但只小小一会儿，海面远处便出现几个小亮点，而每个小亮点一闪一闪，告诉我，它们相隔非常遥远。抬头望去，夜空也并非完全黑的，有星星，星星在"流动"，我知道其实是我们的邮轮在动；邮轮在摇动，远处的小亮点在移动，和天空的星星一样，小亮点也化成了星星；这夜的宇宙，将海和天连在了一起……

黄昏在甲板上等落日时，久井法子指着那些"小纸船"告诉我，这是印度或斯里兰卡的渔船，我当时拍这些照片时就想，这样一叶小舟，就像我们儿时折的小纸船，漂在茫茫大海上，风那么大，浪那么高，多危险啊！

我们乘坐的是万吨邮轮，这些小纸船，怎么经得起如此大的风浪呢？它现在还没有回家，在这夜的海上，它如何行进？里面有几个人？家人一定在盼望着他们呀！我的眼眶湿润了……

一连串的问题困惑着我，打渔的人们，这么大的风浪，让上天保佑你们平平安安啊！

星星仍在一起一落，年轻人仍在唱着无忧的歌，下面啤酒屋里的人们正畅饮着……远远的小亮点——小渔船早些回家吧，我在这里远望着你们，心里默默为你们祝福！

🌍 第15天（5月28日）

日出	日落	纬度	经度	水深	船速	气温	水温	风速	气压
6：26	19：06	6.59	77.49	300	16.2	31	31	15~20	1003

习惯慢慢改变

初夏的时候，"和平之船"载着一千余人，乘着风、破着浪，从日本横滨出发。我们由初夏到仲夏，再到盛夏，三个多月的时间，都将在海上度过。

真是生活习惯又慢慢改变了，以前下午 2 点以后便不再喝咖啡，而现在，每天下午，会在顶层甲板上喝着咖啡，吃些点心。无论晚上几点，都依然安然入睡。

在船上睡觉，你想会是什么感觉呢——就像回到了婴儿时期，像在母亲的怀抱里，也像在摇篮里，母亲在旁边轻轻哼着催眠歌，一会儿便睡着了。

刚还在躺椅上等昨天约好的日本朋友来教我唱日文歌，时间还有半小时，躺着，风儿很大，一会儿就迷迷糊糊快睡了。难怪吃饭时周先生说，我在船上怎么老是想睡觉呢，原来并非我一个人，而是大家都有同感。

第 16 天（5 月 29 日）

日出	日落	纬度	经度	水深	船速	气温	水温	风速	气压
5：45	18：34	9.06	72.53	2270	17.2	32	31	7~10	1002

洋上运动会

不是每一个人都会有在环球的邮轮上参加运动会的经历，如果不是今天

12 岁的宝贝

99 岁老先生

亲自参加，我也不会想到在邮轮上的运动会竟是如此完美、如此精彩，且运动项目如此之多！

我更没有想到，99 岁的老人和 12 岁的少年能够同台竞技！

今天的运动项目有扔球、越障碍物、游泳、拔河等等，还有一些我叫不出名字的运动，总之，邮轮上全部乘客都参加了各种运动项目，如果你也在这条邮轮上，你也一定会参加，因为这种盛大的场面、这种热闹的气氛让你找不出恰当的理由拒绝。

一大早六点多，我们的瑜伽学员在甲板晨练时，志愿者们就迎着朝阳开始为运动会忙碌了。

运动会于上午九点三十分正式开始，一般只有在离开港口时才鸣笛的邮轮，此时发出一声长长的"呜——"，表示运动会开始了，甲板上一片欢腾！

主持人身着艳阳下显得特别耀眼的盛装走上了最高的甲板。女主持是一位非常 kawayi（可爱）的女孩子，男主持是平常那个总是春光满面的光头先生——日高。日高先生今天最精彩之处除了他幽默的主持外，更出彩的是炎炎烈日下的他不时退到一侧去脱掉那比帽子还厚的假发擦那光光头上的汗水，然后又继续将那顶假发套到头上。

洋上运动会

平日乘客止步的 10 层甲板第一次为我们开放了。站在这最高的甲板上，360 度的海面，是那样宽阔！蓝天、白云、艳阳、欢乐的人群！一位大神从天而降来到我的身边。

我只想，如果今天海上周围还有其他船只的话，那一定会被这热闹的气氛吸引过来。可惜——茫茫大海上，只有我们一艘邮轮独享自己的欢乐天堂！

艳阳高照，人们依然井井有条地站在烈日下，千人集体操展示拉开了洋上运动会的序幕，紧接着第一个节目——扔球，顷刻间将气氛推向高潮。

一个人头顶一个塑料桶站在最中间（所有的道具，都是邮轮上就地取材），

每个队的队员围在旁边向中间扔彩球。无论是年长者，还是年少者此刻只有一个身份，那就是——运动员！看他们扔得多么起劲啊，哪还有什么年少年长之分呢！最后哪种颜色的球扔进桶里的最多哪个队就获胜；所以，无论老少此刻皆是使出了浑身解数，奋力向桶中扔球……单项谁胜谁负还不能决定谁就是赢家，得看最后的总成绩。

扔球

吃过午饭，感觉好疲惫，全是扔球惹的祸，很久没有这么大的运动量了，因为不光是自己参加运动，还大量拍片。所以不知自己一觉竟睡到了下午四点，对我而言，这还真是难得。正因为这长长的错误的午休，让我又错过了下午的拔河和其他项目的精彩比赛。

晚上来到甲板上，大家正喝啤酒庆祝胜利，获胜者是我们蓝队！

🌍 第 17 天（5 月 30 日）

日出	日落	纬度	经度	水深	船速	气温	水温	风速	气压
6：04	19：02	11.08	67.58	4342	13.6	33	31	7~10	1002

我进了驾驶舱

洗完头正准备去顶层甲板吹风，突然想到昨日发现的"新大陆"，位于七层的最前方——船头。

满以为我是第一个发现这个好地方的人，当我如外星人一般将如此神秘的一个地方讲给大家听的时候，没想到大家都笑我旧闻当新闻，因为许多人每天散步都要经过此地，弄得自己好没面子。

正是中午用餐时分，人们都去了餐厅，我一个人还是激动地来到了至少我还是认为神秘的船头，站在这里吹海风。

"此地真妙呀！视线这么开阔，以后没事就到这里来坐坐，吹吹海风，多好！"心里正美美地想着。

"咚咚咚——"忽然觉得身后传来了敲击声，闻声回头找寻，什么也没看见；转回头，边用手指梳理头发，边任海风自然吹拂。

"咚咚咚——"这一次敲击声音更大，而且非常清晰，好像是从上至下传来，回转头抬头望去，一排长长的斜窗矗立在上方。哎——好像窗户内有人向我挥手耶！骄阳似火，照得人睁不开眼睛，我用手遮住直射下来的阳光，从指缝中看见大玻璃窗内确实有人在向我招手微笑。

"那会是什么地方呢？"低下头，心里嘀咕。

"那样长一排窗子，视线一定很好，会不会就是驾驶舱呢？"

"嗯，试探一下！"

回头笑着对斜窗上面做了个手握方向盘的手势，在我心里这个手语的意思是："是驾驶室吗？"

上面露出了两张面孔，微笑着向我点头，表示"是的"！

内心一下激动起来，回转头，眼望前方，想一定想办法去驾驶室看看！

可是，如何才可以上去呢？

哈哈，有啦！——回转头，我这平常比常人慢半拍的脑瓜子此时却转得比谁都快。我以比阳光还灿烂的笑容对着窗子内微笑的面孔，张开双臂做了一个海鸥飞翔的舞蹈姿势，捧着送给他们；接着指指他们手握方向盘，然后又双手指向自己，那意思是：我跳一支舞送给你们，你们让我进驾驶舱好不好？对手势特别敏感的海员，竟然看懂了，真是感激啊，拼命点头笑着对我伸出表示 OK 的手势，接着又向我做了个"请"的手势。

我张开双臂如海鸥般舞起来，接着转过身来，将这支舞捧在手中借着海风送给了他们。他们立即为我鼓掌，五张微笑的面孔从大玻璃后面露出来，接着用手指了指旁边的地方，暗示我从旁边可以上去。

轻手轻脚从旁边小跑过去，门打开了，我被驾驶舱的人们热情地请了进去。

与大家一一握手后，刚才向我招手的那个人指指自己，告诉我叫 Romeo，

上面是驾驶舱吗

在驾驶舱与 Romeo、Eduardo 一起

是驾驶室的大副，又指指身边那个漂亮的黑人女孩，叫 Jade，那位帅气而潇洒的长发男士叫 Eduardo，正介绍着，又进来一位男士，马上被 Romeo 介绍给我，叫 Ante。

我也向他们介绍自己来自中国，英文名叫 Jean，他们显得非常惊讶，因为第一次有中国人登上"和平之船"做环球旅行。

Romeo 带着我来到刚才他们敲窗的地方，给我戴上专业的高倍望远镜，啊，好宽敞的视线呀！270 度的前方一览无余！霎时间，我像刘姥姥进了大观园一般！我刚才还对着他们做着驾驶方向盘的手势，放下望远镜，我问 Romeo 方向盘在哪儿，Romeo 笑了，大家也都笑了，告诉我，这里都是电

脑控制，航行的方向都是由电脑操作了，哈哈，我是因为看了《泰坦尼克》，所以想象中的驾驶都是有方向盘的，也没有想到，现在竟然全是电脑操控了，是不是该"out"了！

我知道工作阵地闲人是免入的，而且驾驶舱不是随意能进的，我这闲人现在入了，但还是别久留的好！我答应他们保守这个秘密，不告诉其他乘客自己进了驾驶舱。于是，向他们一一握手道别，将随身携带的小礼物"平安符"送给他们，Romeo对"出入平安"的中国吉祥结表现出特有的喜欢，他将它放在胸口，点头谢我。

临出门了，我又回头问道："我下次还可以偷偷再来吗？"Romeo微笑的答应我"当然"！

Romeo 指挥邮轮靠港

到达某一个国家前插上该国国旗

第一次，我就这样舞着进了驾驶室，没想到，后来竟又去了多次，当然不用再舞，而是 Romeo 打电话邀请我，我们在那里喝着咖啡，他们指给我看船头最远的前方；我们在那里喝着红茶，他们让我看邮轮如何慢慢靠港；我们在那里吃着苹果，和他们一起欣赏异国音乐；我们在那里畅聊，听他们谈论世界各地的风俗民情……

小贴士

礼物　在邮轮上会交到世界各国的朋友，所以带上一些礼物，是不错的主意。礼物只是一个小小意思，所以不用太贵重。我在秀水街买了一些中国结和奥运的钥匙链，还有一些中国特色的女人小包包，他国的朋友也带有小礼物和我们交换，礼尚往来嘛！

第18天（5月31日）

日出	日落	纬度	经度	水深	船速	气温	水温	风速	气压
5：17	18：16	13.21	62.46	4023	13.5	27	31	4~7	1003

卡哇伊

每天饭后到处转转，许多人当作了散步。有人喜欢在七层甲板散步，也有很多常常是背着相机在船内走动，看看哪里有新闻，哪里又有精彩的活动，或者哪里放电影……我，属于后者。

中国人常说三个女人一台戏，其实这句话世界通用。刚刚走到五楼大厅，一群可爱的女人正拿着针线和一些事先准备好的小布片，在缝做各种洋娃娃。

我刚刚将头凑过来，大家眼尖："啊！范先生，范先生来了，一起来做啊！"

因为天天早上教瑜伽，大家都认识我，我还没有反应过来，针线和小花布就塞到了我手中。

在日本称呼老师仍像中国古代一样，称为先生。我教大家瑜伽课程，他们任何地方碰到我都会"先生、先生"的叫，特别尊敬。

在中国我们管这种针线活叫女红，她们叫卡哇伊（kawayi），意即洋娃娃，其实也是可爱的意思。

桌子前面坐着一位端庄的六十岁上下的女性，大家尊称她为先生（kawayi先生）。我也随着大家这样称呼她，我用大家塞给我的布料很快缝制出了一朵小花，大家都惊讶："哎，范先生，kawayi"！我学着大家一样，胜利地将作品呈现在卡哇伊先生面前，又恭敬地向先生鞠躬致谢。

每一个人的卡哇伊都做完了，每一位学员都有了自己的作品，当大家准备离开时，我看到了一个细节，所有的人将地面的碎布头、细线头都一一捡起来，放在一个小纸盒内，准备带回到房间再扔掉。还将沙发缝里又仔细查看一遍，直到地面、桌面、沙发上任何地方确认没有任何垃圾了，干干净净了，最后大家将桌子折叠起来，象刚来时一样放在墙角，这才拿着各自做好的卡哇伊满载而归地离开公共区。

虽说船上每天服务人员跟踪打扫，但每一位日本乘客，随时带走垃圾的好习惯，真是让我心服！

第19天（6月1日）

日出	日落	纬度	经度	水深	船速	气温	水温	风速	气压
5：36	18：43	15.21	57.55	4107	12.7	32	31	20~25	1002

坦然

昨晚睡得太早，今晨醒得也早，才五点钟，上得甲板来，我成了今天第一位晨练者。

也许是昨天下了一天的雨，今晨风儿很大，天空仍然被乌云罩住，暂且让自己当一回天气预报员，预报今天可能继续有雨。

原计划邮轮今天抵达阿曼，但由于引擎出了点故障，船速减慢了，得推迟到明天。

船从新加坡一出港，即发现其中一个发动机出现小毛病，但一直在修理之中。日方代表来向中国乘客表示道歉，对于在阿曼游览的时间也由8个小时减为3个小时。

船速在减慢，发动机在检修，加上今天浪大、风也大，船比平日晃动了很多。有人在担心了，明日能否安全到达？发动机是否很快修好？我们的安全会不会有保障？

也不知道为什么，我出奇地镇静，或许是上船之前所有的问题都考虑过了吧，当然包括安全问题。家人这次并不支持我出来，当然是担心我的安全，我笑着告诉家人："不会出现问题的，放心吧！"其实自己心里哪有底。我以前没有乘坐过国际邮轮，但心里反正就是不害怕。因为当时一定要上船的心理占了上风，所以一切其他都可以抛开，这也是我的性格所致吧！

如今科技如此发达，通讯如此迅速，救生衣也就在床下面。万一出现任何问题，一个电话，救援直升机马上飞过来，这已不是百年前的泰坦尼克时代了。

看过《泰坦尼克号》的朋友应该都记得，当船断成两截，中间一个漩涡下去时，Jack 是怎样告诉 Rose 屏住一口气沉下去又浮上来的，就像有些人蹦极不害怕一样，我对这种情形也不害怕，我内心真的就是想多经历一些惊心动魄的事情，人生多经历一些别人没有过的经历，多么精彩，多么有意义啊！

人命天注定，不怨天不愿命！

看着茫茫的海水，人其实就应该像水那样对待命运。我们看，水遇山绕行，见坝积蓄，汇集成浪，滴水穿石。低处成湖，高处成瀑，深处藏龙，浅处育虾。蒸腾为汽，成土润苗，无可无不可，决不去较劲，永远又不失其本性。我们的命运又何偿不能以这种态度去对待呢！

生命不要重复，生活需要多彩，坦然面对一切！这也是我的人生信条！

坦然

阿曼 Oman

阿曼苏丹国位于阿拉伯半岛东南沿海，北濒阿曼湾，东南临阿拉伯海。面积约 30.95 万平方千米。人口约 234 万，87% 为阿拉伯人，其余为印度人、巴基斯坦人、孟加拉人等。居民大多信奉伊斯兰教。阿拉伯语为官方语言，通用英语。

阿曼是阿拉伯半岛最古老的国家之一，古籍有尼兹瓦古城堡、杰自利古城堡等，最著名的拜赫莱要塞、巴特．胡特姆和艾因等遗址已被列入世界遗产名录。阿曼还以阿拉伯世界的独特风光和宽阔宁静的海滨浴场吸引着游客。

首都马斯喀特是全国政治、经济、文化中心，是世界上最小的首都之一，也是著名的"世界热城"，最热时气温高达 60 度。

萨拉拉：萨拉拉自古是珍贵香料"乳香"的产地，港口因其贸易而兴盛起来。因属亚热带气候，季风所带来的丰沛降雨创造出肥沃葱绿的田野，是风光明媚的海港城市。

导读：没有想到，萨拉拉，这个城市美得竟让人掉泪……

第三站 阿曼

 # 第20天（6月2日）

印象阿曼

　　经过十天十夜的航行，邮轮快抵达阿曼了，右边出现了绵绵的群山。但这些山与越南岘港、新加坡港口入港时却又完全不一样，这里已经是中东！一眼望去的是看似一片白色的沙漠，不见着一点儿绿，海岸线边的建筑物也不似以前。

　　阿曼——对我来说，一个完全陌生的国度，首先给我的印象是一片纯净的白。

　　约莫过了十分钟，左边出现了类似狮子头一样的一块巨石，我想这应该是进入阿曼萨拉拉的象征。

　　船离港口越来越近，来来往往的港口汽车进入我们的视线越来越清晰，船——快靠岸了。

由于引擎的故障，船速的减慢，我们迟了一天才抵达阿曼，原计划对萨拉拉的 8 个小时的观光，现在改为 3 小时，成了绝对意义上的走马观花！

上午 8 点全体乘客集合，中午 12 点前必须全部返回船上，以免影响下一站的行程。

其实坐车也算得上是不错的观光，今天的参观路线只剩下博物馆和"乳香"市场了。

坐大巴到博物馆约莫有二十分钟车程，这种拍摄的感觉是从未有过的。世界上竟有如此宁静的港口！竟有如此多的绿和白！我的手完全不够用，右手录像，左手拍照，不时还要纪录一些导游对当地的介绍。

走近阿曼，这里除了白就是绿，除了绿就剩下白。

一路从车窗拍摄，眼见的就是高高的椰树和低低的芭蕉树，错落有致，白色的房子镶嵌在郁郁葱葱的绿色中，整个港口从入港时白沙盘的白色世界此时进入到一片绿色世界里。这里行人稀少，偶尔几个穿着白色长袍的阿拉伯男子在绿色中穿行，恰给这绿色世界增添了一些亮点。

众所周知，任何一个阿拉伯国家，都不能穿得太暴露，不能露膝、不能露臂。所以，哪怕再热，从邮轮上下来的这些乘客几乎都裹得严严实实，有些年轻女孩，就算没有穿长袖衫下船，也用一条丝巾遮盖在玉臂上，正所谓入乡就随俗。

车进入博物馆，里面真可以称得上是大气非凡。其实任何一个国家，无论土地多么珍贵，无论建筑多么拥挤，对于各种博物馆、纪念馆等都不会吝啬地盘的。

在这个博物馆大橱窗内，有大量专门介绍马可·波罗当年探访中国的图片、文字；还有各种古代船只、船上使用的各种兵器等等。有一个巨大的仿真船头吸引了我的视线，我钻到里面，学着《加勒比海盗》中船长潇洒的开船姿势，仿若自己一下子真的成了 captain，特别过瘾。可惜里面不能拍照，所以无法留下开船时的神气模样了！

从那几百年前的场景走出博物馆，这里是别样的一片天空，主体博物馆后面是一条宁静的小河，小河对岸有着大片椰林，博物馆左边还有一条小河，

两旁是碧绿的草坪，中间间或一些亚热带植物和树木，绿色的草坪上，恰到好处地摆放了些白色的椅子，仿若珍珠镶嵌一般，看似若不精心，但我想应该是设计师的杰作吧！

街边的老妇人

在这个宁静的港口，一条老街两旁矗立着许多古树，估计有几百年的历史了。博物馆内因为占地面积大，到处是参天古树，当我在这老街道上刚刚看到一棵最老的古树，转过身，见到一位吊着长长鼻环的老妇人，感觉古树——老人——好协调。哦——旁边的孩子在对我严肃摆手，意思是不让我拍，很多阿拉伯国家的人不愿意这样随意让人拍摄，觉得魂都会被照相机收走了。知道自己很不礼貌，可是老人家，我在这里双手合十给您谢罪啦！

四十分钟走马观花似的参观完博物馆，现在就得去"乳香"市场了。

"乳香"可谓是萨拉拉最著名的特产，来到阿曼，不可能不去"乳香"市场的。

刚从大巴上下来，两个天真可爱的孩子对着从大巴上下来的乘客拼命打招呼。许多人举着相机对着两个可爱的孩子拍摄，两个孩子举着手摆出各种POSE笑得灿烂极了，我看着他们，眼神陪着孩子玩耍。

一个人拿着相机闲走，突然眼前一双迷离的、神秘的、充满无限憧憬的眼睛映入我的眼帘："啊！太美了，好美啊！"一位女子身着黑色长袍，那双似有无限多故事的眼睛也看着我，我赶紧掏出相机，礼貌地征求意见后，拍了下来。我盯着这双眼睛，心里想着，如果我是一个男人，此刻我会被她迷死："实在太迷人了……"那话在心里千回百转后仿佛也传到了对方心里——那双眼睛笑了，那笑顷刻将我的魂都摄走了……

"乳香"市场真可谓名不虚传！远远便传来阵阵香味，那种香味是你在其他任何地方都不曾感受过的。来到近处，一家连一家的乳香小店让你每家都不愿错过，因为不光是每家店内各具特色，且全是乳香，味道都不一样。这里除了有让"乳香"生香的器皿，更有各种不同气味的"乳香"。

我的阿拉伯王子

还在国内时，朋友就与我开玩笑，到阿拉伯国家去一定要找一个阿拉伯王子哟，我当时笑着答应："好啊，一定！"

走在萨拉拉街头，偶遇的几位女子都是黑色长袍，而这里的男子却是清一色的白色长袍，个个都高大魁梧，"帅呆了！酷毙了"用在这里贴切极了！知道朋友为什么要我在这里寻觅阿拉伯王子的理由了！

我的阿拉伯王子

不时有男子从我身边经过："哪个才是我要找的阿拉伯王子呢？"我等待着，寻找着心里的那位王子，不敢随意冒犯他们。

真是踏破铁鞋无觅处，得来全不费工夫，忽然一位高高大大的男子正向我招手，我走过去，相互握住对方的手："Hi, I come from China!"因为无论在哪，我都会这样介绍自己，大家都以为旅行团全部是日本人，而每次对方得知我来自中国，他们都会更加友好！

男子知道我们都是过来拍照，握住我的一只手，将另一只手揽在我的腰上，对着镜头微笑。权当是我的阿拉伯王子吧——总算没有辜负我的朋友呀！

银色沙滩

萨拉拉银色的沙滩吸引着众多游客，从"乳香"市场到银色沙滩不过两分钟的路程，众多的游客从乳香市场出来，都奔向银色沙滩，虽然船上众多的游客是来自海岸线狭长、沙滩也是无数的岛国日本，但是眼前萨拉拉银色的沙滩还是以她无限的魅惑在吸引着这些远道而来的客人。

一眼望不到头的海岸线，一片长长的银色海滩。虽然头顶骄阳似火，但游客们依然愿意在这海边多享受一会。

脱了鞋子，拎在手上，白白的、细细的、软软的沙粒就在赤裸的脚下，伸手轻轻触及，如处子的肌肤，滑滑的，仿若使你不敢碰它，仿若这一触就会碰痛了她似的。

背面是大片的椰林及白色的阿拉伯房子，站在沙滩上，看着阵阵海浪打来，

我张开双臂旋转起来。

在这片银色世界里，只想将自己就这样融进去……

回到大巴上，车沿着银滩返回港口，整个车上全是香味，每个人都购得了乳香及香炉，车上瞬间成了浓缩的阿曼。

闭上眼睛，嗅着这香……

给我多一点时间，让我再深情地流连阿拉伯女子面纱后那双顾盼迷离的眼睛；

给我多一点时间，让我再流连一眼我的阿拉伯王子；

给我多一点时间，让我再流连于这美丽而宁静的港口……

 # 第21天（6月3日）

日出	日落	纬度	经度	水深	船速	气温	水温	风速	气压
6：06	19：12	14.12	49.26	1463	14.9	33	32.8	3~5	1002

海上瑜伽课

每天早晨在甲板上教大家瑜伽，由几个人到几十人最后到了上百人，早晨最开始是自己的练功时间，一次活动中，我在台上讲：我每天六点多在甲板上练功，欢迎大家一起来啊！结果，就是这句话既荣幸地给我带来了无数学员，同时也使我今天受到了莫大的委屈！

没有谁受了委屈会不难受，会不心里憋屈！可是在这里我受了委屈还不能哭，不能生气。

我每天早上开心地上甲板练功、教课，大家也兴高采烈地跟随我。今天我依然开心地上去，可是我的那些学员们却不是兴高采烈的了，而是一张张不太愉快的面孔，而且人远不如往常多。"怎么啦？"

"你看看时间，几点了！"平常被我亲切地称为"baba"的清河先生扳着脸问我。

看看手表:"还不到六点半啊!"

"你看看上面的钟,到底几点?"清河先生指指甲板高处的挂钟。

"天啦!怎么会?怎么会是快七点半了呢?"心里怦怦跳,一下急了。

"我,我不知道,什么时候又调了时间?昨天晚上吗?我不知道,对不起,没有人告诉我!"我又急、又气、又赔不是,又语无伦次地拼命解释,脸上的表情肯定此时也不好恭维。

"不要生气哦,你不会生气的啦!哎——邓丽君的微笑哦——"清河先生又像往常一样笑着开始逗我。

我知道我的这些学员平常喜欢我上课,就是喜欢我的微笑,微笑是最好的语言——这是我平日教学中的一大特点。而且我每次在甲板上上完一堂课,都会为大家唱一首邓丽君的歌曲,这些老人又特别喜欢邓丽君,下课了,总过来说看到我想起邓丽君……

被他们如此美化的我,还能生气吗?就只能笑了。

直到课程结束,来到餐厅吃早餐,才了解了今天早上的真实情况。

原来,早上六点多钟,有二百多人上甲板等待我的瑜伽课,等着我唱邓丽君,左等我不来,右等我不露面;半个小时后,许多人悻悻地走了。最后的结果是,我的手表6:30,船上时间7:30,我这平常不看报纸、又不会调表的大笨瓜,耽误了大家整整一个小时!更确切地说,是耽误了大家兴致勃勃的一堂瑜伽课!

海上瑜伽课

一低头,再次请大家原谅!

🌐 第22天(6月4日)

日出	日落	纬度	经度	水深	船速	气温	水温	风速	气压
6:31	19:32	12.31	43.56	33	14.8	34	33	5~7	1002

女人为舞而生

今天晚上又是正式晚宴和盛装舞会，船上的这种活动，一般十天、半个月就一场。

船内一直保持着 26 度恒温，特别舒适，平日大家一般都着休闲装，简单、随意，我到哪也难以改变着裙装、高跟鞋这多年的习惯。

刚刚走出房门，迎面的男士不是西装革履，就是着日本和服，还有的穿着刚刚从萨拉拉买来的白色长袍；女士们更不用说了，在这种隆重场合，更是可以展尽风姿的大好时期，着和服的日本女士依然居多，还有的穿着越南购来的民族服装。你可能难以想到，每每此时我们中国的国服——旗袍，都是最放异彩的时刻！

旗袍原本是东方的神话！她以流动的韵律、潇洒的画意与浓郁的诗情，将东方女性贤淑、典雅、温柔、清秀的性情与气质表露无遗。船上，不仅是东方人，更有不少高鼻子蓝眼睛的欧美女士特别钟爱旗袍。

隐秀腿于万丈云雾中

女人着上旗袍，隐秀腿于万丈云雾中，藏峰峦于万水千山中。袅袅婷婷、若隐若现……

晚宴后，就是进入正式舞会。此时此刻，于朦胧夜光中，着旗袍的女人如水般轻盈流动，若春风中摇曳的垂柳……

突然不记得是在哪本书中有这样的描绘：

浓香的女人如蕴藏丰富的宝藏，永远开采不完。多情、温婉、优雅、迷人，如一部精读作品，总教人细细品读，爱不释手。

淡香的女人如晨间的一滴露水，晶莹剔透。使人感觉远离了尘世的喧嚣，使人飘然欲仙。

冷香的女人如水中月、镜中花，清高而神秘，优柔得让人无法接近。宛如幽兰般深锁山谷，使人敬而远之。

暖香的女人性感、丰腴，她醉人的女人味让人诱发无尽的遐想，如一只美丽的蝶，翩翩飞舞，对生活充满了憧憬与希望。

这个夜晚，每个女人皆为舞而生；

这个夜晚，每个女人都散发着其独特的神韵……

第23天（6月5日）

日出	日落	纬度	经度	水深	船速	气温	水温	风速	气压
5：40	18：54	17.26	40.47	90	14.8	33	33	5~8	1000

白石和子

当我一直在甲板上低头写着文字的时候，这位可爱的老妈妈一直在画水粉画；看着她一次一次弯下身子，去点地上纸盒内的粉彩时，我终于忍不住端了一张椅子走过去，与老妈妈说：我将颜料盒放到椅子上，您可以不用总是弯腰，可以轻松一点画画。

老妈妈深深地向我鞠躬后，摇着手告诉我：不用，可能水粉不小心会泼出来，弄脏椅子。

老妈妈指了指旁边我的椅子，对着我笑了笑，要我继续回到自己的座位上，做自己的事情，她——没有关系。

我慢慢转回到了自己的位子上，当我快要完成一篇文字时，老妈妈的水粉画也已经完成。

我向老妈妈走过去，自报家门，告诉老人家自己的名字、年龄、来自哪里，又问老妈妈的情况。

"白石和子　来自日本北九州　82岁。"老人家在纸上为我写下来。

一直小心翼翼的老妈妈，最后没有将水粉泼洒到椅子上，而是将水粉泼洒到了地上，我赶忙走了过去，老妈妈却对我摆摆手，以极快的速度从包里掏出一个小布团弯下身子在地上擦拭，直至地上干干净净地透出它原有的蓝。

白石和子在画画

其实邮轮上服务生都是跟踪服务的，随时他们都会在你身边，所以，船上任何地方、任何时候都是干干净净。老妈妈的水粉画画好了，行头也收拾好了，又将椅子挪回到原处，我站在老妈妈后面，看着老人家的背影慢慢走下楼去，我才收拾完自己的行头慢慢离开……

第24天（6月6日）

日出	日落	纬度	经度	水深	船速	气温	水温	风速	气压
5：43	19：16	22.25	37.51	1740	13.3	32	29.7	7~10	1000

99岁，你在做什么

如果你到了80岁，还会有外出旅游的念头吗？如果是90岁呢？还会有吗？那有没有想过99岁，你在做什么？

我和99岁老人在甲板上

你或许不可能会想到，99岁的老人，还出来环游世界吧！我们邮轮上的最年长者———一位99岁的老人，与大家一样每天排着队取自助餐，饭后，与其他老人一样，坐在围棋区下着围棋；晚上，泯着酒坐在麻将室与同伴们打着麻将；与大家一样，到达某一个国家了，坐着大巴下船到处参观……

当我们到了 99 岁，还会有这样的生活激情吗？

第25天（6月7日）

日出	日落	纬度	经度	水深	船速	气温	水温	风速	气压
5：45	19：39	26.53	35.08	1000	12.2	28	27	20~25	1000

红海

从来都喜欢《围城》，它是我在任何地方离不了的一本床头书，多少年了。平常在家，每晚都是边看《围城》边入睡；出差必带的一本书也总是《围城》；要登邮轮之前，也是舍弃了很多其他书后，舍不得放弃的一本书还是《围城》。

"红海早过了，"这是《围城》开篇的第一句，这样一句简单的话，我是那样的喜欢，而此时此刻邮轮正行驶在曾经从文字中游历过无数遍的红海中了，印象中红海总是被太阳照着，一直是红色的，现在邮轮从红海经过，自己身处其中，才确定红海并非红色，它与其他的海一样，同样是蓝色！

从地图上看 ，这里就像两块巨石中的一线天，或者说，像一个人要侧着身子才能挤过去，可是，当邮轮行驶其中，才发觉，红海同样是那么宽阔，同样是一望无际！

明晨邮轮将抵达约旦亚喀巴，现在风大得连云都待不住，只剩下纯净的蓝，站在船头，大风将我的长发吹得在风中跳起舞来……

长发风中舞

约旦 Jordan

约旦概况：约旦位于亚洲西部，阿拉伯半岛西北，约旦河以东，国土大部分处在高原上，是个高原国家。面积8.934万平方千米。人口约610万，99%为阿拉伯人，89%居民信奉国教伊斯兰教。阿拉伯语为国语，通用英语。

约旦是古老的巴勒斯坦的一部分，历史悠久。旅游业发展迅速，名胜众多，有风光秀丽、气候宜人的亚喀巴港，有以凯旋门、露天剧场、古老城堡、宙斯庙、东罗马帝国教堂为代表的古代建筑艺术宝库杰拉什建筑群还有安曼古城、佩拉特古城和死海等游览胜地，其中古赛尔阿姆拉城堡、佩特拉古城为世界遗产。

约旦是历经数千年的古国，拥有众多圣经传说故地及名声。人口多半为巴勒斯坦难民，在激荡的中东情势下让我们倾听一下这里人们的呼声吧。

首都安曼是全国政治、经济、文化中心。这里是西亚古城，古迹众多。主要节日有杰尔什狂欢节。

从阿曼到约旦是要经过红海的，"红海早过了"，这是我喜欢的钱钟书先生的小说《围城》里的第一句话，今天亲自经过这里……

导读：有谁会在死海练过瑜伽？有谁会在金字塔前练过瑜伽？我的朋友来前跟我说，于是，我终于来了……

第四站　约旦

 ## 第26天（6月8日）

无限风光在两岸

今晚的夜空，应该说是航行以来，最美的夜了。

太阳慢慢往下落，友善地等候着所有的摄像机满载……

夜幕如一张巨大的黑布渐渐罩住整个天空——哦，不对，她担心人们由于太阳的刚刚落下，而心情瞬间失落，便给我们送来了耀眼的星星，还有弯弯的月亮……

自下午四点多开始，邮轮渐渐靠近海岸线行驶，两边连绵叠嶂的山峦，一边显现的是光秃秃——清晰明了；一边则是笼罩在水雾缭绕中——宛若仙境！

几乎所有的游客都来到甲板上欣赏着两岸风光！

我们原以为这里无人居住，随着夜幕的降临，仙境般的山与海水的交界处渐渐出现了亮点，当天色越来越幽暗，这些亮点便串成了一线，夹在山与水之间，将如画的山水分隔成动与静的上下两片，美妙极了！

山的轮廓随着夜幕的降临变得越来越模糊，太阳是真的落下去了！星星越来越多，点亮了整个夜空！

昼与夜就在一瞬间，但昼是由太阳给予的光辉；而夜则是由星星闪耀的明亮！

邮轮在浪漫夜色中前行，明晨将要到达约旦亚喀巴！

石山、石海、石城

清晨，在一片热闹的唢呐声中，一群载歌载舞的年轻欢迎队伍将游客们迎进了约旦亚喀巴港口，从他们的头饰、着装，很多人随即联想到几年前不时出现于电视屏幕的阿拉法特。港口不能久

年轻的欢迎队伍

留，不能久赏"阿拉法特"们的表演，我们即将乘坐当地大巴前往佩特拉古城参观游览。

一路上，眼见之处皆是石山连着石山，石海连着石海，石城连着石城。远远近近、高高低低，上上下下全是石。

坐在靠窗的车边，左手拍照、右手摄像，两手开弓。记得我的好友杨再春先生拍摄过一幅巨作——一大片通红的石山，是不是这里拍摄的呢？待我回国后去问问杨先生。

石山千姿百态，有些像猴、有些似狗、有些如骆驼……有些又似孕妇隆起的腹部，还有的亦如少女丰满的乳房，充满无限诱惑。只是偶见路边孤寂的植物犹如被母亲遗忘在外的孩子，显得是那样可怜而无助。

时间太早，路上车量极少。偶尔相遇，都是风驰电掣般在向前冲。

远处的石山上稀稀拉拉长了些小草，偶尔有羊群、骆驼在那草丛中寻觅，倒给这静静的石山增添了些许生机。

任何旅游点都会有当地特产出售，这里当然不例外。

当我们来到一个小山坡上，司机将车子停了下来。只见三张长条桌、两个十五六岁的少年在兜售当地的特产。旁边拍摄的游客倒是不少，但真正去购买那些特产的我倒是没有看见。当十分钟后我们重回大巴继续前行时，我

回头张望，正看见这两个还正应该上学的少年，脸上露出苦闷的表情——一定是今天没有卖出他们希望的价钱。

兜售特产的少年

人以群居，两个小时的赴佩特拉古城的大巴路线，让我们隔一段距离便看到一些民居，与前一站阿曼萨拉拉有些类似，这里的房子也是清一色的白。

两小时车程后，我们终于抵达了佩特拉古城。导游开始打预防针了，参观佩特拉古城需要徒步4小时。

什么叫望而却步啊？眼前的4个小时徒步就叫望而却步。但是你也可以骑马、骑骆驼、或者坐马车，况且价钱也不算贵，坐近一点也就5美元，远一点的10美元。

巨型的石头让你的相机咔嚓咔嚓无法停下。路边的小树小花更是吸引着众多游客的眼球。从巨石狭缝中偶尔冒出一棵棵的绿色小植物，直让人惊叹：他们是靠什么力量顽强地生存下来呢！这里既难得有雨水，也谈不上露珠，水源从哪儿来呢？对我们而言，真的是一个疑惑接一个疑惑！

孩子的知识除了可以从书本上得到，更多的是应该是从自然界中去汲取。

一路上，我们不时看到一些国外的家长带着他们的孩子，到处参观、游览，在这里我们也见到了徒步观光的父子。我佩服这些家长独到的眼光，让孩子们亲近世界、亲近大自然，来了解最真实的历史、地理与人文。

你也能看到一些老人，虽然拄着拐杖，在路上艰难但却坚定地向前行走，而拒绝任何交通工具！

路的两边全是巨石，进佩特拉古城城门处，一边立着一个全身武装成古代卫士一样的人，许多游客跑到古人身边照相，古人一扭头，才感觉原来这是活人，回看照片，怎么感觉都像上下五千年呢！

徒步的父子

真正的古城遗址让你惊叹于人类祖先的智慧，如今吸引着来自世界各地的观光客。

进入古城时是大部队，而往回走时游客们三五成群的分开了，路边一位长者正从一个小小的井里打出水来，又慢慢倒下以便让我们看到，我走过去问长者，这水可以喝吗？老人善良地对我摆手，告诉我不能喝，只是观赏。

在萨拉拉见过一双迷人而勾魂的眼睛，当我见到眼前一位位几里路才有一个小小摊位的当地少女时，吸引我的是那双眼睛里透出的清纯与脸上甜美的微笑。平日我不爱任何首饰，看到站在骄阳里的她，怎么也不忍不买，于是在她的小摊位花 5 美元买了一串白色的石头项链。

古城卫士

小姑娘，每天要在这骄阳里站多久呢？

第 27 天（6 月 9 日）

日出	日落	纬度	经度	水深	船速	气温	水温	风速	气压
5：39	19：39	27.47	33.48	73	14.3	31.5	26	20~25	1004

圆梦——死海练瑜伽

我这次下决心航海环球游还有一个很重要的原因，就是好友的极力鼓动。

"京广，去吧！咱们中国有谁会去死海练瑜伽呀？有谁会去金字塔前练瑜伽呀？前无古人的事呀！你去吧，开

死海黏稠的水面

创又一个中国纪录！"

今天，我来了，来实现自己的梦想——死海练瑜伽！

当车快到达死海时，远远看见深蓝色的死海水面，非常平静，它与别的水面就是不一样，似有一点儿稠，又是那样的轻。如果儿时喝过妈妈做饭时给你留下的米汤，你一定记得米汤面上结的那一层薄薄的皮，此刻看到的死海水面就是那样；那水面上方又似笼罩了一层轻盈的薄纱。我马上想到当年张艺谋拍《英雄》时，需要平静的水面，怎么不选择到这里来呢？

死海里练瑜伽，真是太不可思议，我在国内也编排过水中瑜伽，那水与这水完全是两码事！现在，你踏进死海的水里，抬腿走的时候脚还可以落地，可是一旦人稍微倾斜，就会倒在水里，漂浮起来。因为死海海水中的含盐量极高，是普通海洋含盐分的10倍，且越到湖底越高。由于湖水含盐量极高，入水者就很容易浮起来了。

倒在水里并不可怕，只是千万千万不能让面部跌进水里，因为海水不慎溅入眼睛可不是闹着玩的事情，因此，到死海练瑜伽也好、游泳也好，千万不能"扑通"一声跳下去。不少人以为死海浮力大，人沉不下去，因此，可以随心所欲地戏水，其实不然。

死海练瑜伽

在死海漂浮绝不能动作过大而弄出水花溅进眼睛。关键是海水太浓，哪怕是一小滴进入眼睛，那你的眼睛也有得罪受！有经验的人都带上一瓶淡水放在岸边，以便用来及时冲洗。我们属于没有经验的人，不远处还是有几个大的淡水笼头可以冲洗的。

既然来到死海，既然要在这里练习瑜伽，于是我慢慢走近水中，尝试着摆出各种姿势，仰卧着做船式——唉，不沉；又做前伸展式，也没有沉；接着做塔式，都沉不下去！真是神奇！又转过身子俯卧，依然没有沉哦！

死海岸边的结晶体坚硬且带刺，很容易划破皮肤。导游要求我们进入死海前，必须知道身体没有破皮的地方。如果有，平时微小到我们自己都察觉不到的细小挠破处马上就有阵阵灼热感，想体会什么叫"往伤口上撒盐"的滋味吗？这就是！

不过经过死海盐浴后伤口那也有极独到的好处，那就是好得快。

我们知道死海的泥浆富含多种矿物质，对身体有很多益处，于是有些游客就在这里将泥浆涂满全身，成了名副其实的泥人了！

死海是一个大盐库，据估计，死海的总含盐量约有130亿吨。在这样的水中，鱼类难以生存，除了海水中的细菌，也没有任何植物，所以人们称之为死海确实是名副其实！

死海浮游也是许多人的梦想！

人们都会有这种经验，在平常的水面游泳，水面会出现一圈一圈的波纹；当人们在死海浮游时，这里波纹极小。所以当我们看到别人在漂浮时，水波只影响到他自己小小的范围。而当人们上岸以后，水面马上恢复了平静，仿若从来没有人造访。

太阳依依落山，死海的落日竟与任何一个地方不一样，落得那么干净、那么透彻，一丝云彩也没有！

小贴士

洗眼液及眼药水　这样的环球航行，你经常会在大海里游泳，邮轮上泳池里的水也是海水，虽然上岸都会有淡水冲洗，但是最好备上洗眼液以便保护好眼睛。

第 28 天（6 月 10 日）

日出	日落	纬度	经度	水深	船速	气温	水温	风速	气压
5：40	19：54	30.21	32.22	15	4.8	29	27	1~3	1004

穿越苏伊士运河

　　苏伊士运河位于埃及境内，隶属于埃及。它是连通欧亚非三大洲的主要国际海运航道，连接红海与地中海，使大西洋、地中海与印度洋联结起来，大大缩短了东西方航程。与绕道非洲好望角相比，从欧洲大西洋沿岸各国到印度洋缩短了 5500 ~ 8000 千米；从地中海各国到印度洋缩短 8000 ~ 10000 千米；对黑海沿岸来说，则缩短了 12000 千米，它是一条在国际航运中具有重要战略意义的国际海运航道，每年承担着全世界 14％的海运贸易。

　　苏伊士运河全长 170 多千米，河面平均宽度为 135 米，平均深度为 13 米。运河从 1859 年开凿到 1869 年竣工。运河开通后，英法两国就垄断苏伊士运河公司 96％的股份，每年获得巨额利润。

　　从 1882 年起，英国在运河地区建立了海外最大的军事基地，驻扎了将近 10 万军队。二次世界大战后，埃及人民坚决要求收回苏伊士运河的主权，并为此进行了不懈的斗争。1954 年 10 月，英国被迫同意把它的占领军在 1956 年 6 月 13 日以前完全撤离埃及领土。1956 年 7 月 26 日，埃及政府宣布将苏伊士运河公司收归国有。

运河两岸有人家　　　　　　　写着"LOVE"字样的沙丘

1976 年 1 月，埃及政府开始着手进行运河的扩建工程。第一阶段工程 1980 年完成，运河的航行水域由 1800 平方米扩大到 3600 平方米（即运河横切面适于航行的部分）；通航船只吃水深度由 12.47 米增加到 17.9 米，可通行 15 万吨满载的货轮。第二阶段工程于 1983 年完成，航行水域扩大到 5000 平方米，通航船只的吃水深度增至 21.98 米，将能使载重量 25 万吨的货轮通过。

邮轮早晨 8 点开始进入苏伊士运河，今天气温不算高，只有 29 摄氏度，船速很慢，整个一天舒缓的航行在运河中，不时大船、小船通过，似大珠、小珠落玉盘，给运河增添无限景色；

落日很慢，慢得想让所有的摄像机填满；

幕雾似画，舒展开遮住了大片天空。

人说白云深处有人家，这里运河两岸是人家。河岸两旁，时而是洋房、时而是绿植、时而又是大片的沙丘，沙丘上有人用石头摆出"LOVE"的字样，真是感人！

全长 170 多千米长的苏伊士运河，我们的邮轮花了一个白天的时间穿越，晚上 10 点抵达了埃及塞得港。我在想，如果没有这条经过了战争洗礼的运河，我们要用多长时间才能绕到埃及……

小贴士

地图册与地球仪　环球旅游，《世界地图册》你肯定会带上，我还建议你尽量带上一个小地球仪，我当时准备携带，由于行李快超重无法带，航行途中觉得很不方便。

眺望

Africa

2008 年 6 月 11 日

非洲篇

　　非洲位于东半球的西南部，地跨赤道南北，西北部部分地区伸入西半球。

　　古老神秘的文明、广袤原始的自然奇观、珍稀独特的野生动物、罕见奇特的风俗民情、美如仙境的海岛风光……非洲，从来没有像今天这样被世人关注和向往。

　　素有"非洲母亲河"之称的尼罗河，是世界上最长的河流，孕育了下游谷地和三角洲，成为世界古文明发祥地之一。"地球上最大的伤疤"东非大裂谷，镶嵌着众多狭长而深陷的谷地和湖泊，像珍珠熠熠生辉。撒哈拉大沙漠号称世界上最大的沙漠，沙漠出土的岩壁画让世界震惊……

　　走进这片神奇的土地，一个神秘的世界将向你徐徐展开……

世界之最：
尼罗河是世界最长的河流之一
全长6670余千米
金字塔是世界七大奇迹之一
非洲是人类文明最早的发祥地之一

游览指数：
埃及　★ ★ ★ ★ ★

埃及 Egypt

　　埃及虽地跨亚、非两洲，但由于大部分位于非洲东北部，故划分于非洲。苏伊士运河东的西奈半岛位于亚洲西南角。西连利比亚，南接苏丹，东临红海并与巴勒斯坦接壤，北濒地中海，东南与约旦、沙特阿拉伯相望，海岸线长 2700 多千米。

　　埃及 96% 为沙漠。尼罗河纵贯南北，注入地中海，境内长 1530 千米，两岸形成宽约 3 ~ 16 千米的狭长河谷；入海处形成 2.4 万平方千米的三角洲，99% 的人口聚居在仅为国土面积 4% 的河谷和三角洲地带。

　　尼罗河是埃及的生命线，是"埃及的母亲河"。它是非洲第一长河，也是世界上最长的河流之一，全长 6670 余千米。从南到北纵贯埃及东部，在埃及境内一段长达 1530 千米，确是具有舟楫、灌溉之利的重要的水利资源。

　　埃及也是世界四大文明古国之一，她在尼罗河乳汁的哺育下，发展了其光辉灿烂的古文化。

　　导读：看完木乃伊出来，路边伸出两条直直的腿，一动不动……

第五站　埃及

 第 29 日（6 月 11 日）

埃及探访

　　邮轮昨天经过一天的航行穿越苏伊士运河后于晚上 10 点抵达埃及塞得港，今早 5 点晨雾中 8 台大巴在塞得港港口等候我们，5：45 出发去首都开罗。

　　大巴一出港即进入到一片乡村地带，路边行人稀少，偶尔出现一两个穿着长袍的阿拉伯人。如果不是这些着长袍的路人和广告牌上的阿拉伯文字，乃代表这是一个阿拉伯国家，还真以为这里是上个世纪 80 年代的中国农村。

　　车速飞快地赶着时间，当地导游告诉我们，这里的人们早晨 8 点上班，不赶紧将会遇上堵车的高峰期。高高的、胖胖的导游，是一位样子极为可亲的当地人，早年毕业于日本早稻田大学。与胖导游极为不相称的是他那温柔而细腻的声音，竟像瑜伽老师给会员诱导放松术……今天太早起床的游客，在这温柔的声音中再次催眠入了梦乡。

　　从塞得港需驱车三个多小时才可到达开罗，导游很耐心，极有节奏地唱着催眠曲，就像从 CD 机内播放出来，一曲终了，接着下一曲，旋律很慢，慢得与此时的环境、乘客们的心境极为协调……

　　不知过了多久，迷迷蒙蒙好像听到"尼罗河"几个单词，睁开眼睛，一条长长的河流正从我们车边缓缓流过，河面不宽，很窄——这就是著名的尼罗河吗？！别的游客也醒了，向导游证实——是的，是尼罗河！

　　这就是贯穿埃及的——世界上最长的河流！我们正从此经过！

　　与我在国内时游历黄河的感觉完全不一样，黄河水面宽，河水奔流湍急；而尼罗河河水如此清澈，在你身边静静地流过，两边长满嫩绿的青草，显得极为恬静。哪来的《尼罗河上的惨案》！眼前这一切的美好让我脑海中闪过早年看过的这部电影，像夜空中的流星一般，在脑海中尚未停住，就已陨落！

　　埃及是北非旅游资源最集中的国家，世界文化与自然遗产丰富。我们马上就要到达著名的考古博物馆了，看看时间，上午10点。

　　进得大厅来，保存完好的几千年的古代棺木、木乃伊、气派的皇宫内奢侈品等等，一一展现在你的眼前……我想，在每个人的心里不能不引起震撼！

　　我们也是来自于有着几千年文明的古国，我们的故宫、颐和园、圆明园遗址、十三陵……使我们作为中国人而骄傲！同时也让世人惊叹！今天我们在这里参观他国的博物馆，同样为古埃及文明所震撼！

　　从博物馆出来，霎时间还不能从几千年的历史长河中回到现实中来，路边地面躺着一位年轻人，穿着牛仔裤的两条腿伸得长长的，突然那两条腿一抬——咦！怎么可以动呢？脑子里还全是躺着的木乃伊，还不适应躺着的人可以动起来，怎么眼前所有的一切，都是活物了……

　　午餐时间到了，走出舒适的大巴，正是中午最炎热的时候，埃及虽然地处非洲，但日平均温度却并不高。

　　太阳毫不体贴人地从头顶上直射下来，用手遮住猛烈的阳光，似乎要将车上的冷空气带了出来，感觉还真是凉快了许多。

　　餐馆很大、很宽敞，如果没有来来往往的游客，感觉平常应该是鲜有人来这里光顾的。

　　餐馆正对着的是一个刚刚挤得下两个人的小棚子，里面正挤着两个男人，像我们新疆人烤羊肉串一样，前边两排炭火，一排前面堆着小山一样烤好的香喷喷诱人的鱼，另一边正是烧烤进行时。

　　埃及属于阿拉伯国家，87%是阿拉伯人。如前面几个阿拉伯国家一样，

埃及探访－烤鱼　　　　　　埃及探访－烧饼

这里的人照例是不许随意拍照的。但我总能想到绝招，两个男人举着即将要烤的鱼，笑吟吟地对着我举得高高的镜头。

右边拐角处的妇人在炎热的火炉边烤着烧饼，几大盆烤好的烧饼，亦堆得像小山一般。

妇人拿着手里的烧饼拼命吆喝"one dollar, one dollar"，她们这样叫着"一美元"兜售的并不是手里的烧饼，而是想让你与她一起拍照，然后收取一美元的小费。

今天的午餐吃什么呢？原来就是外面妇人烤的烧饼和男人烤的鱼。每条鱼大约有 8 两，每人一条，吃完了还可以再要！桌上摆着的几盆烧饼，你尽可以开怀大吃！

触摸金字塔

大巴从博物馆出来，行驶在前往金字塔的途中。一会儿金字塔的塔尖从建筑物之间的某个缝隙钻入我们的视线，一会儿又从城市绿植的叶片间进到我们的眼帘。

不知过了多久，车进入了一条狭窄的巷子，慢慢爬过一个长长的斜坡道后，到了一个大坪内停下来。除了我们八台大巴整齐地排成一排，旁边还停了不少其他车辆。

刚才远远看着还是与楼盘仿佛同高的金字塔，现在走到它跟前，抬头一望，才真正感觉它竟是如此雄伟而壮观！

金字塔建于 4500 年前，是古埃及法老（即国王）和王后的陵墓。陵墓是用巨大石块修砌成的方锥形建筑，因形似汉字"金"字，故中文译作"金字塔"。它是世界现存唯一的七大奇迹之一。

我往金字塔面前跑过去，开始以为那些大石像是用曾在农村看过的土砖堆砌而成的，跑到它面前，才发觉每一块"土砖"几乎与

金字塔前的汽车犹如小蚂蚁

我同高。行驶在塔前公路上的汽车，看起来犹如小蚂蚁。

边游览，边听着导游的精心讲解。国王为什么要建造金字塔？巨大的金字塔是怎样建成的？更多的传说金字塔是外星人建造出来的，事实究竟怎样呢？相传，古埃及第三王朝之前，无论王公大臣还是老百姓死后，都被葬入一种用泥砖建成的长方形的坟墓，古代埃及人叫它"马斯塔巴"。后来，有个聪明的年轻人叫伊姆荷太普，在给埃及法老左塞王设计坟墓时，发明了一种新的建筑方法。他用山上采下的呈方形的石块来代替泥砖，并不断修改修建陵墓的设计方案，最终建成一个六级的梯形金字塔——这就是我们现在所看到的金字塔的雏形。

在古代埃及文中，金字塔是梯形分层的，因此又称作层级金字塔。这是一种高大的角锥体建筑物，底座四方形，每个侧面是三角形，样子就像汉字的"金"字，所以我们叫它"金字塔"。伊姆荷太普设计的塔式陵墓是埃及历史上的第一座石质陵墓。左塞王之后的埃及法老纷纷效仿，在生前就大肆为自己修建坟墓，从此在古埃及掀起一股建造金字塔之风。由于金字塔起源于古王朝时期，而且现存最大的胡夫金字塔也建在此时期内，因此，埃及的古王朝时期又被称为金字塔时代。

古代埃及的法老们为什么要将坟墓修成角锥体的形式，即修成汉字中的金字形呢？导游继续着他的责任，原来，在最早的时候，埃及的法老是准备将马斯塔巴作为死后的永久性住所的。后来，大约在第二至第三王朝的时候，埃及人产生了国王死后要成为神，他的灵魂要升天的观念。在后来发现的《金字塔铭文》中有这样的话："为他（法老）建造起上天的天梯，以便他可

金字塔前练瑜伽

由此上到天上。"金字塔就是这样的天梯。同时，角锥体金字塔形式又表示对太阳神的崇拜，因为古代埃及太阳神"拉"的标志是太阳光芒。金字塔象征的就是刺向青天的太阳光芒。因为，当我们站在通往基泽的路上，在金字塔棱线的角度上向西方看去，可以看到金字塔像撒向大地的太阳光芒。

导游讲到这里，我忽然想到我们习练瑜伽时的"拜日式"，意思是虔诚地向太阳予以膜拜，于是我赶紧下去寻找我的瑜伽会员到金字塔前来练习。

《金字塔铭文》中有这样的话："天空把自己的光芒伸向你，以便你可以去到天上，犹如拉的眼睛一样。"后来古代埃及人对方尖碑的崇拜也有这样意义，因为方尖碑也表示太阳的光芒。古埃及现存金字塔中规模最大的一座，是第四王朝法老胡夫的金字塔。这座大金字塔原高146.59米，经过几千年来的风吹雨打，顶端已经剥蚀了将近10米。但在1888年巴黎建筑起埃菲尔铁塔以前，它一直是世界上最高的建筑物。这座金字塔的底面呈正方形，每边长230多米，绕金字塔一周，差不多要走1千米的路程。

在埃及已发现的金字塔中，最大最有名的是位于开罗西南面的吉萨高地上的祖孙三代金字塔。也就是我们眼前的这三座！它们是大金字塔（也称胡夫金字塔）、哈夫拉金字塔和门卡乌拉金字塔，与其周围众多的小金字塔形成金字塔群，为埃及金字塔建筑艺术的顶峰。

金字塔是古埃及奴隶制国王的陵寝。这些统治者在历史上称之为"法老"。古代埃及人对神的虔诚信仰，使其很早就形成了一个根深蒂固的"来世观念"，他们甚至认为"人生只不过是一个短暂的居留，而死后才是永久的享受"。因而，埃及人把冥世看做是尘世生活的延续。受这种"来世观念"的影响，古埃及人活着的时候，就诚心备至、充满信心地为死后做准备。每一个有钱的埃及人都要忙着为自己准备坟墓，并用各种物品去装饰坟墓，以求死后获得永生。以法老或贵族而论，他会花费几年，甚至几十年的时间去建造坟墓，还命令匠人以坟墓壁画和木制模型来描绘他死后要继续从事的驾船、狩猎、欢宴活动，以及仆人们应做的活计，等等，使他能在死后同生前一样生活得舒适如意。

攀登金字塔是很多人的梦想！但是攀登——在这里是不允许的！一块石块上写着大大的"NO CLAMB!"但是好奇之心人皆有之，和着一些不算听指挥的游客一样偷偷向上攀沿着！中国的"不到长城非好汉！"用到这里"不攀金

字塔非好汉！"也很贴切。许多人站在下面观望，我们站在上面拼命向下挥手。

现在你不得不由衷地敬佩几千年前设计与建造金字塔的古人！古语云：古人不见今时月，今月曾经照古人。现在我将它改成：古人不见今时塔，今塔曾为古人建！

狮身人面像

胡夫金字塔，除了以其规模的巨大而令人惊叹以外，还以其高超的建筑技巧而著名。塔身的石块之间，没有任何水泥之类的黏着物，而是一块石头叠在另一块石头之上。每块石头都磨得很平，至今已历经数千年，人们也很难用一把锋利的刀刃插入石块之间的缝隙，所以能历数千年而不倒，这不能不说是建筑史上的奇迹。另外，在大金字塔身的北侧离地面 13 米高处有一个用 4 块巨石砌成的三角形出入口。这个三角形用得很巧妙，因为如果不用三角形而用四边形，那么，一百多米高的金字塔本身的巨大压力将会把这个出入口压塌。而用三角形，就使那巨大的压力均匀地分散开了。在四千多年前对力学原理有这样的理解和运用，能有这样的构造，确实了不起！

胡夫死后不久，在他的大金字塔不远的地方，又建起了一座金字塔。这是胡夫的儿子海夫拉的金字塔。它比胡夫的金字塔低 3 米，但由于它的地面稍高，因此，看起来似乎比胡夫的金字塔还要高一些。塔的附近建有一个雕着海夫拉的头部而配着狮子身体的大雕像，即所谓狮身人面像。除狮爪是用石块砌成之外，整座狮身人面像是在一块巨大的天然岩石上凿成的。

为什么会刻成狮身呢？游客们的疑问得到了当地导游的全面解答。在古埃及神话里，狮子乃是各种神秘地方的守护者，也是地下世界大门的守护者。因为法老死后要成为太阳神，所以就造了这样一个狮身人面像为法老守护门户。第四王朝以后，其他法老虽然建造了许多金字塔，但规模和质量都不能和上述金字塔相比。第六王朝以后，随着古王国的分裂和法老权力下降以及埃及人民的反抗和盗墓者的出现，常把法老的"木乃伊"从金字塔里拖出来，所以埃及的法老们也就不再建造金字塔，而是在深山里开凿秘密陵墓了。

埃及金字塔是从早期的王陵马斯塔巴墓发展开来的。建筑金字塔的历史从第三王朝到第十三王朝，跨越了 10 个朝代。金字塔闪耀着古埃及人民智慧和力量的光芒。直到今天,规模宏大、建筑神奇、气势雄伟的金字塔依然给人留下许多未解之谜。神秘的埃及金字塔吸引许多科学家、考古学家和历史学家前往探究,也吸引世界各地的游客前去观光游览!

今天累也罢,热也罢,回程时,我们光顾了这里的特色水果摊,这里有重约 20 公斤的西瓜,1 公斤大小的柚子,还有拳头大小的黄色梨状的番石榴。

老周夫妇感言:"好啊!死海我们也去了,苏伊士运河我们也经过了,金字塔今天也看过了,我们的梦想完成啦!"

埃及之行——收获颇丰!

金字塔——狮身人面

Asia

亚洲篇(续) 2008年6月12日—2008年6月14日

第30天（6月12日）

日出	日落	纬度	经度	水深	船速	气温	水温	风速	气压
5：47	20：19	33．49	29．50	2560	14.2	26	24	8~12	1005

马不停蹄

　　今天没有靠港地，大家好不容易在船上休息一天，留在船上的日子，成了我的最爱！

　　邮轮刚刚从日本出发时，第一站去越南，经过了六天六夜的航行，往新加坡也经历了三天，随后总是好几天才停靠一个港口（亦即一个国家），每天神仙一样，非常轻松、舒适！

　　这几天却像陀螺一样连轴转，一个国家接一个国家，从亚洲到非洲又到欧洲，一个个都累得气喘吁吁；接下来的几天，都将在欧洲度过，欧洲各小国之间都相隔不远，邮轮航行一个晚上到达一个国家，你可得做好马不停蹄的思想准备啦！

土耳其 Turkey

　　土耳其共和国国土包括西亚的安纳托利亚半岛以及巴尔干半岛的东色雷斯地区，是横跨欧亚两洲的国家。北临黑海，南临地中海，东南与叙利亚、伊拉克接壤，西临爱琴海，并与希腊以及保加利亚接壤，东部与格鲁吉亚、亚美尼亚、阿塞拜疆和伊朗接壤。在安纳托利亚半岛和东色雷斯地区之间的，是博斯普鲁斯海峡、马尔马拉海和达达尼尔海峡。首度为安卡拉。国民有 99% 是穆斯林。

　　土耳其时间比北京时间晚 5 个小时。

导读：如果说前一站阿曼，是我在求约阿拉伯王子，而在这里，我经历了土耳其的浪漫之夜。

第六站 土耳其

 第31天（6月13日）

这里风景如画

邮轮于上午11点抵达土耳其库沙达瑟港，昨天我说要做好马不停蹄的思想准备，现在即刻兑现了！吃过午饭，下午13：15集合出发。

由于游历路线不一样，我们六位中国客人经常都不在同一条线路上游历。现在说明一下，选择游历哪条路线，是在登船前早就计划好了的；但如果登船后想要改变路线，那就在前一天的下午到服务处办理相关手续就OK啦！

今天我们六位客人好不容易聚齐在一起，接待的条件还真是大有改观！

当地一辆舒适的中型奔驰迎接了我们，连日来的疲惫，也由于接待条件的改善而顿觉轻松了许多！

导游是位四十多岁的当地人叫阿里，非常健谈，一路上竭尽全力地为我

们介绍着，司机倒是不多言，只是偶尔回头望着我们温和地笑笑。

导游阿里、我、司机

车经过一大片接一大片的无花果园、橘园、杏园，一路都是蓝天白云。不知是云衬着天，还是天衬着云。

这绿、这蓝、这白，相互映衬，一切是那么和谐，那么美不胜收，大自然的美景，没有谁会拒绝吧！

车一路开过，阿里告诉我们，如再往上走，最高海拔达到 2600 米，我们今天最终要到达的地方也不超过 500 米。虽然不算太高，但已有飞机起降时的感觉了，耳鸣、头昏，不太舒服。

为了缓和一下，司机将车慢慢停靠在路边一个加油站，让大家休息半小时。

路边小摊上摆放着大个大个的西红柿、樱桃、桃子、柠檬、西瓜等新鲜水果，还是咱们老周好，又买了一大堆吃的给我们这些小辈们带回酒店吃。另外一个摊位上，悬挂着辣椒、大蒜头、茄子等，一串串，仿若一下子到了中国的菜市场一般。

丰盛的新橙摆在路边小摊上，现榨现喝，3 美元一杯，百事可乐 2 美元一听，上得车来边喝边以美元和人民币互换算账，好像不便宜哟！

"好啦！替土耳其经济作贡献吧！"阿里笑着对我们说。

车在高速上行驶，车好、路平、车速稳，一直保持在每小时 90 千米左右，一路上相遇的车也极少，旁边连绵的群山，不多言的司机终于开口指着山顶告诉我们：山那边是地中海。

3 个多小时的驱车途中，路边如画的风景足以让我们饱足眼福，心情畅快致极！

浪漫之夜

乍一看，你一定会猜这是冰层，对不对？没想到吧，石灰岩也可以如此的漂亮，这是土耳其巴穆嘉丽石灰棚，也叫棉花堡。为什么会得此名呢？原来是从山丘底层涌出的神奇温泉历经钙化沉淀数百年后，形成了相叠的白色天然阶梯，从丘陵边缘流下，长年累月，水多的地方形成一层层看似柔软，用手去戳，才发觉是坚硬无比的石灰棚，远远望去，又像是一大朵一大朵白色的棉花，故得此名。

　　一群游客赤着足、拎着鞋，乐此不疲地在旁边浅温泉中享受着、欢笑着……

　　你可能也不会想到就在这石灰岩层下竟有这么漂亮的池水和民居吧？

　　几个小时的旅途让我们深感疲

棉花堡

惫，明天还有一天的参观行程，同行的老周夫妇要求司机先将我们送到酒店休息。

　　下榻酒店后，舒舒服服冲完澡，带上相机，到处转转吧！

　　出来一看才知道，我们下榻的酒店位于半山腰中，四面环山，鲜花环绕、绿树葱葱。由于地势宽敞，8栋联排别墅式酒店簇拥着一个宽大的漂亮的泳池，几个天真的孩子，正在池中嬉戏。

　　池边白色的餐桌、餐椅，与蓝色的池水相互映衬，一切是那样祥和、宁静、温柔……

　　屋后的温泉，不时传来情侣们的欢声笑语。

　　夕阳如火般在山峦后面的云层跃出，给云层烫上一层耀眼的金边——夜，放肆地来临；

　　硕大的玻璃屋中，钢琴王子流畅的琴声袅袅传出——夜，浪漫的登场；

　　谁家的猫在脚边轻轻缭绕，偶尔的一声"喵——"，给这夜增添出撩人的性感；

夜，浪漫

　　这半明半暗的夜，这醉人的夜，如果没有情人，是不是太遗憾……

舞娘

今晚夜色真美，土耳其曼妙的音乐萦绕着整个酒店，天上星星闪烁，月色朦胧。浪漫可以为人造，也可以为天设，更可以为景砌，此时的浪漫真可谓天、人、景合一啊！

是谁将我带到了室内舞厅，肚皮舞表演开始了。貌美如花的舞娘身着亮丽的舞服开始在近如咫尺的台中央舞动起来。双手拿着响铃，

肚皮舞娘

扭动着纤细的腰肢，跟着音乐抖动着雪白而丰腴的肚皮，在舞台上、客人中穿行，舞娘热情邀请着男士一起上台表演，真有几位大胆的男士勇敢地站起来跟着舞娘欢乐地舞着，将气氛带到了热闹的高潮。

这是一种文化的融入，肚皮舞原本兴于埃及、土耳其，现在这种激扬的、性感的、带着浓郁民族特色的舞蹈慢慢传入到了东方各国。

艺术无国界，越是民族的就越是世界的，肚皮舞——就是一种体现！

🌏 第 32 天（6 月 14 日）

土耳其地毯

浪漫的夜似乎并没有影响大家的睡眠，舒适的酒店让游客们得到了极好的休整，今天的行程感觉特别轻松。

旅行就是这样，别把自己弄得太累，学会适时调整！

随着阿里来到庞大的土耳其地毯编织基地，一进大门，门口的蚕蛹、蚕丝、纺车、染色缸等等就深深吸引了我们的眼球。进得展览大厅，琳琅满目的地毯看得众人目瞪口呆！

一位老板似的男子开始给我们介绍这些漂亮的地毯，另外的两位则不厌其烦地为我们一张张铺展开，并详细讲解着它们的每一道工序。

老板的和气、员工的热情，加上导游阿里在一旁不断怂恿："为土耳其经济作贡献啦！"使得我们的周夫人顿时豪爽地"小意思啦"，当场选购一床让厂家直接寄回国内。

　　另一个厅里摆放着精美的瓷器，阿里带我们来到这台面上摆放瓷器、墙壁上悬挂地毯的厅内，精致的瓷器让我们不断发出"啧啧"声。

　　中国景德镇的瓷器世界闻名，眼前里里外外全是手工绘制的土耳其瓷器完全可以与之媲美，只是它不菲的价格就让我们站在这里饱饱眼福吧！

土耳其地毯

精致的瓷器

大姑娘要出嫁

　　回程的路上，我们又一次的满载而归！

　　如来时一般，车依然路过一大段乡村地带，两旁的田园风光让我们再次浏览。突然，阿里诡秘地问我们："看到屋顶上的空瓶子了吗？"集体朝车窗外望去——哦，屋顶上果真有空瓶子耶！还不是一个屋顶，几乎隔几间房屋就看见屋顶立一个空瓶子，而且瓶子还不是随意放置在上面，而是用水泥将底座固定在屋顶上，所以就是刮风下雨也不怕瓶子倒下。

　　大家一齐回过头来对着阿里皱眉头，表示疑惑，阿里压低嗓音，悄悄地说："你们看，哪家屋顶上有空瓶子，表明这个家里有待嫁的大姑娘，如哪位男子中意，打碎了屋顶的瓶子，就可以将姑娘娶回家！"

　　哦！有这等好事！大家都是第一次听说这种风俗，觉得有趣极了。男士们笑着要求司机停车，车上的人全部走了下来，翻译小唐捡起一块石头，正准备砸向屋顶的瓶子，却见那家的老爷爷一声咳嗽，脚步蹒跚但却威严地向我们走了过来，我们留下一串笑声，赶紧逃回车上，催促司机，快快溜之大吉……

Europe

欧洲篇

2008年6月15日—2008年7月4日

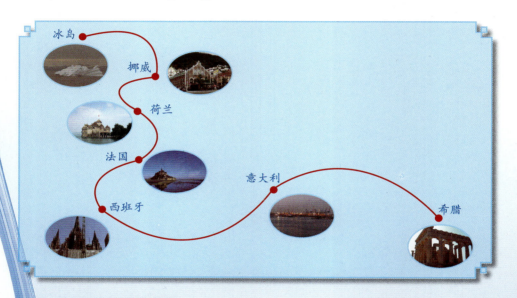

世界之最：
欧洲是平均海拔最低的一个洲
希腊是世界文明古国，欧洲文明发祥地

游览指数：
希腊　★★★★
意大利　★★★
西班牙　★★★★★
法国　★★★★
荷兰　★★★
挪威　★★★
冰岛　★★★★★

欧洲位于东半球的西北部，亚洲西面。北临北冰洋，西滨大西洋，南隔地中海与非洲相望。东以乌拉尔山脉、乌拉尔河、大高加索山脉、博斯普鲁斯海峡和达达尼尔海峡为界，与亚洲大陆相连。欧洲是世界上第六大洲，有45个国家和地区，习惯上分为南欧、西欧、中欧、北欧和东欧五个地区。

我们此次行程就有属于西欧的荷兰、法国和西班牙；北欧的冰岛与挪威；还有南欧的希腊以及意大利。

　　欧洲多半岛、岛屿、港湾和深入大陆的内海。大陆海岸线长，是世界海岸线最曲折的一个洲，欧洲也是平均海拔最低的一个洲。

　　欧洲历史悠久，位于欧洲东南部的爱琴海地区为世界古文明的发祥地之一，为人类留下了丰富的文化遗产。欧洲各国都保存有浓厚的古希腊及古罗马文明。文化遗产主要有雄伟神秘的各式教堂，豪华典雅的宫殿，以及收藏颇丰的美术馆、博物馆等等。

希腊 Greece

　　希腊位于巴尔干半岛的南端，东、西、南三面环海，陆地上北面与保加利亚、马其顿以及阿尔巴尼亚接壤，东部则与土耳其接壤，面积约 13.20 万平方千米。人口约 1108 万，98％为希腊族，绝大多数居民信奉东正教，希腊语为通用语言。

　　希腊境内多山、多半岛、岛屿和港湾，海岸线曲折漫长，自然风光优美。

　　希腊航海业发达，海员众多，有"海员国"之称。希腊是世界闻名古国，欧洲文明的发祥地。

希腊在公元前 12 世纪，已经开始有文字记载的历史；公元前 5 世纪，经济、文化高度发达，成为全盛时期。希腊神话、雕刻艺术、哲学和自然科学等都是人类文化的瑰宝。

旅游业发达，名胜古迹比比皆是。已被列入世界遗产的名胜有德尔斐考古遗址、埃皮达鲁斯考古遗址、圣山、雅典卫城等。

此外，有爱琴海区域文化的发源地克里特岛及古王宫遗址。

希腊是奥林匹克和马拉松比赛的发祥地。

雅典：雅典是希腊首都，它不仅是希腊最大的城市，也是世界上最古老的城市之一。

雅典位于巴尔干半岛南端，三面环山，一面傍海，西南距爱琴海法利龙湾 8 公里，属亚热带地中海气候。基菲索斯河和伊利索斯河穿城而过，市内小山众多。

雅典有记载的历史就长达 3000 多年，它是欧洲文化的摇篮，人类文明史上的明珠，世界著名的文化古城。是全国政治、经济、文化中心。市内古迹众多，犹如一座人类历史博物馆。有着数千年历史的雅典，拥有帕提龙神庙等无数珍奇古籍，连街道也都可以算是露天博物馆。

我们即将抵达的比雷埃弗斯港口，它作为雅典的外港而兴盛起来，是希腊最大的港口，也是地中海地区屈指可数的国际大港。

导读：这里是第一届奥运会诞生的地方，赋予了橄榄枝美丽的传说……

第七站　希腊

 ## 第33天（6月15日）

奥林匹克

小时候读过希腊神话，没有想到今天就要踏上这个童话世界里的神奇国度了。

迎接我们的大巴，将我们从比雷埃夫斯港口带到雅典。一路上，大巴沿着曲折漫长的海岸线行驶，将沿途优美的自然风光毫无保留地铺展在我们面前，港湾里停靠着来自世界各地的船只，大大小小的船只将这个美丽的港口点缀得更加繁荣、别致。

港口边咖啡厅、餐厅，与港湾里停泊的船只互为风景，让游客们大饱眼福！

希腊是欧洲文明的发祥地，第一届奥林匹克运动就发源于此。

当我们在第一届奥林匹克运动场参观时，所有人无一不惊叹于这个修建于一个多世纪前的体育场馆是如此宏大，它是一个可容纳5000名观众的露天体育场馆，虽然历经一百多年，但是面貌崭新，丝毫看不出残旧的痕迹。

更让人肃然起敬的是场馆外侧那尊高高的石像，那是奥林匹克之父——皮埃尔·顾拜旦的雕像！

🌐 第34天（6月16日）

日出	日落	纬度	经度	水深	船速	气温	水温	风速	气压
6：02	20：59	36.21	22.22	1000	13.5	23	21	15～18	1002

橄榄林

橄榄枝引发过许多故事，昨天，当我来到一大片橄榄林中行走，忽然心里蹦出齐豫唱过的《橄榄树》"不要问我从哪里来，我的故乡在远方……"以前不曾见过橄榄树，却原来有名的橄榄树是如此纤细，且普通得不能再普通。

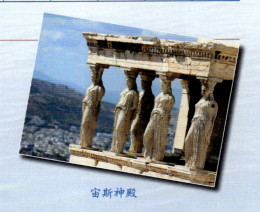
宙斯神殿

其他的游客都上去参观宙斯神殿了，我却想在橄榄林中独享那一片绿，于我而言，对于古迹的喜爱应该是次于自然景观的，所以，一个人静静地享受着橄榄林带给我的清新味道，坐着、站着、漫步在这林中，享受着她的阴凉；哦，并非是我独享哦，几只鸽子也正借助这阴凉之处卿卿我我、耳磨厮鬓呢……

一行人走在街道上，感觉这里分明就是一个露天博物馆，"欧洲的建筑艺术世界闻名"还真不是徒有虚名的！我将镜头对着一个个门、窗、屋顶，

在橄榄林间小憩

因为每一个都有着各自的特色。

自然景观与人文景观都是如此的养眼，我们就边欣赏街边的美景及不同风格的建筑边享用了异域晚餐吧！

夕阳西沉，我们又将参观希腊的心情慢慢收回，准备下一站——意大利。

夕阳西沉

🌏 第35天（6月17日）

日出	日落	纬度	经度	水深	船速	气温	水温	风速	气压
5：30	20：37	37.59	15.35	1040	14.3	26	22	8～12	1002

接近意大利

广播里在告诉大家，过二十分钟就要看到西西里岛，再又过四十分钟就要看到意大利的南部，人们纷纷从房间走出来，在邮轮各层静候。

有的拍着照，也有些从来不拍照的乘客，潇洒地到处走，彻底意义上的休闲、放松，可谓尽饱眼福！

其实每个人的游历方式不一样，生活方式不一样，只要自己感觉开心，就是最好的！

山上一片黄色

我的窗临海，所以白天尽可以在室内观赏外景；到了夜晚，关上所有的灯，你可以常常看到月光照耀下的海面。现在已近月半，月亮时而高悬、时而在半空、时而又浮在水面，我特别喜欢在这样的夜晚一个人去船头看夜的海面，或者一个人在屋里关上灯，坐在窗前看月亮、静静发呆……

一座高山慢慢呈现于我们的视野中，山顶是一片嫩黄，而山下却是一大片的白。远远看去，这白像是一大片石灰层。或许因为前不久刚刚从土耳其的棉花堡参观不久，竟又想起了那里的石灰棚。

原来这是一座活火山，也被称为意大利灯塔。令人不可思议的是，那些石灰层渐渐近了时，却是一大片白色的房屋，导游介绍就是这一大片房子，住着四百来户人家！山顶上的黄色是一大片的小黄菊，美极了。平常每到秋季的时候，我总喜欢驱车去郊外采野菊花，此刻如果邮轮可以靠岸的话，我一定会第一个爬到山顶去！

邮轮继续前行，山离我们渐渐远了，山顶的黄菊花越来越模糊，那些耀眼的白色房子再次形成了一大片的白，让这座高山充满了无限生机……

远处的西西里岛

意大利 Italy

意大利位于欧洲南部亚平宁半岛上，包括西西里岛和萨丁岛等，在世界地图上，她像一只漂亮的皮靴深入蔚蓝色的地中海中。

意大利是欧洲的文明古国，历史悠久，曾有过鼎盛的罗马帝国时代和辉煌的文艺复兴时期，是西欧四大强国之一。

首都罗马是全国最大的城市，古罗马帝国的发祥地和文艺复兴时期的艺术宝库之一，是意大利政治、文化和交通中心，它拥有"露天博物馆"的美誉。

那不勒斯：那不勒斯（又称那波利）是意大利南部的第一大城市，是仅次于米兰和罗马的意大利第三大都会区。

在历经了希腊、拜占庭、诺尔曼王朝、西班牙等列强的统治后，形成这里的独特的历史和文化。波光粼粼的第勒尼安海令人迷醉，对这里的美丽甚至有"来过那不勒斯，死而无憾"的赞叹。

永远的庞贝：庞贝位于意大利西南沿海坎帕尼亚地区的一座古城，位于维苏威火山东南麓，西北距那不勒斯 40 分钟车程。我们此次行程是抵达那不勒斯港口后去古城庞贝参观游览。

庞贝历史悠久，公元 79 年 8 月为维苏威火山喷发的一瞬间被火山灰埋在了地下，却因此而保留了大量古罗马帝国的建筑遗迹和艺术文物，成为世界上最为著名的古城遗址之一。古城挖掘始于 1748 年，保存完好的古罗马建筑物、工艺品及其他生活遗迹，为研究古罗马社会和历史提供了第一手资料。现在是著名的游览地。

导读：聆听过无数次的帕瓦罗蒂的"我的太阳"，今天终于在这块本土上亲耳听到了……

第八站　意大利

 # 第 36 天（6 月 18 日）

梅

早晨 8 点，邮轮在蒙蒙细雨中停靠意大利那不勒斯港口。

分成各条线路的团队在导游的带领下一批批纷纷离船。

还在邮轮上就听说今天我们的地陪导游能讲中文，内心急切期盼着。

语言这个东西就是这样怪，如果你不是刻意要去学外语，你最想听到的语言还是自己的母语。

今天真是幸运，又是专车接待我们几位中国客人。刚刚来到车上，坐在司机旁边的一位可爱而大方的女孩子转过脸来："嗨，大家好！我是你们今天的导游，我的中文名字叫梅—蒂—娜"女孩拖长着腔调，字正腔圆地："梅是梅花的梅，你们叫我梅小姐就可以啦！"怕我们不明白，还特地以梅花来解释，真是可爱，这位叫"梅"的女孩的脸上顿时绽开的笑靥真如梅花一般灿烂！

　　梅既灿烂又热情，我在国内有一位好友是意大利人，叫 Moreno，与面前活泼开朗的梅性格完全不一样。长着意大利人特有的英俊面孔的 Moreno，在中国做平面模特，同时 Moreno 还是一位造诣很高的钢琴家。特别值得一提的是工作在中国的 Moreno 在意大利还拥有三家武术馆。身兼多职的 Moreno 总是少言寡语，与我面前活泼开朗的梅性格完全不一样。这样我对意大利人的印象就不再只是局限于多年以来对 Moreno 的冷峻印象了。

我和梅

　　梅曾在意大利东方大学学习中文，掌握了基本的语法、对话后，又到上海华东师大进修了 2 年，难怪中文说得如此流畅！

　　今天梅的热情与超好的中文，让我们一行已经对今天行程的满意度打了高分。

　　今天安排的是徒步游览庞贝古城。跟司机用意大利语交流后的梅，又回过头来与我们用中文打招呼："走完整个庞贝古城需要 2 小时，大家要做好充分的身体准备和心理准备哟！"同行的其他朋友一听后，都采取自由活动，这样梅就只负责我一个人了。

　　导游负责一位游客，一位游客独享一个导游的 VIP 服务，此行程还是第一次，下次还有没有此等机会，只有老天爷知道了！

　　梅看着我，我看着梅，两人会心地笑了！

远去的庞贝

两千多年前，主要从事农业和渔业生产的庞贝还只是一个小集镇，这里气候宜人，土壤肥沃，物产丰饶，居住着一万五千人的集镇，后来逐渐演变成一座繁华的城市，成为政治、经济、宗教的中心。

公元 79 年，由于维苏威火山大爆发，带给庞贝城灭顶之灾，四十八小时之内，整个城市化为岩浆。火山碎屑将整个庞贝城掩埋，曾被誉为美丽花园的庞贝城瞬间消失了！它在被毁灭的那一刻也同时被永远地凝固了！

两百多年前的 1707 年，考古学家对古城开始挖掘，各种珍贵文物纷纷出土，陆续展现于世人面前，都令观光者无不欷歔叹息！

大剧院遗址

观看角斗是庞贝人一种残酷的爱好，两千多年前，已出现了专职的角斗士，他们是当时最令人羡慕的职业。城东南角的圆形露天剧场也兼作角斗场，有灌水和防泄系统。四周层环的观众席，分下、中、高席，分属不同的社会阶层，可容纳 5000 名观众。

中心低处为舞台，因具有灌水和防泄系统，还可进行海战表演。

出得戏院大门，你都不会想到，沿途如此多的店铺、酒吧，梅说这是过去非常热闹的酒吧，相当于北京的三里屯，是当时人们休闲的好去处！

中国朋友，你们可好

"走，去那边看看！"一句久违的乡音传到我耳畔。

"嗨，你们好！"我激动得主动迎上去："中国人？"

"你们好！是呀！"这对可爱的年轻人也同样激动地笑着回答我。

"太好了，我环球旅游，这里是第八站，我们 9 月份回国，你们呢？"异域逢老乡真是格外亲啊！

"环球啊！真美！我们从大连过来度假！在意大利有好几天呢，你呢？"年轻人见我是环球，很是羡慕。

"我们晚上得归船，继续向前，不能像你们做深度游啊！"我也羡慕他们能够在意大利深度游。

"一起照张相行吗？"难得在这里遇到老乡，讲上乡音。

"好啊！没问题！"女孩开心地站到我身边。

梅举起相机："快过去吧！"对着年轻人。

"庞——贝——"梅逗我们笑。

哦！原来"贝"的发音也可以露八颗牙！我还以为一定得吃中国"茄子"呢！

"我能在我的环球游书中使用你们的照片吗？"拍完了，我征求他们的意见。

"没问题的，很开心啊！"他们笑了，很友好，很真诚！

与这对可爱的年轻人道别后，继续前行，我不时回望他们的双双靓影，他们也还在对我频频招手……

继续往前走，梅指着地面让我看，告诉我，这是一大户人家。地面竟是平平整整马赛克的，这幅极为精致的地砖镶嵌画、整齐的图案，展现出当时辉煌的建筑艺术！

接着梅凑近我，小声道："Jean，告诉你一个小秘密，这里有过去的红灯区呢，想不想去看呀？"

要去红灯区得经过一条宽敞的大街。

我发现了，梅说话总喜欢带着神秘的色彩。

走在这些小街小巷纵横相连，用碎石铺成的路面上，梅又凑近我："猜猜过去这里是什么地方？"

我说："街道嘛！"

梅穷追不舍："具体说什么街道？"

这——我怎么答得上来？

"王府井大街呀！"梅哈哈大笑！

看得出来，这地方曾经确实是热闹非凡。

浴场属于古城庞贝著名的景观，而且都集中在市中心，遍布的浴场满足了当时日益富有的人们浓墨重彩的肉欲享乐生活。

这里更衣室宽敞，泡澡室墙上全部是精细石雕，几乎是清一色裸体男子。

更令人不可思议的是蒸汽室，无论地面还是墙面，都是隔层。梅要我看顶上，问我为什么要做成凹凸不平的形状，我还没有回答，梅就急不可待地告诉我，为了防止水珠从中间往下滴落……我不住地发出惊叹声，惊叹于两千多年前的古人设计如此巧妙！

辉煌的建筑、巧妙的壁画、精细的石雕，勾画出古城当时多元的世情风俗画面，同时也反映了当时贵族们醉生梦死的奢华生活！

澡堂墙壁上精细石雕

和梅走在这古老的街道上，这寂静的、远去的古城仿佛在默默地向我们泣诉着……

"看，那边就是红灯区！"梅适时地打破了瞬间的沉寂。我朝梅说的方向看去，门口围着一大群人，在排着队等待进入！

"梅，我们不要进去了，我们不能在这里耗太多时间！"

门头上一根粗粗的东西伸出墙外，"那是什么？"梅又一次神秘的让我猜，我摇头。

"男人的……"梅指指自己身体私处："这里，知道吗？"

哦，原来是这样，我点点头。

"这就是红灯区最好的广告牌啦！"

是的，当然是广告牌了——而且是最直接的！

红灯区是进去不了，梅带着我来到了另一个古迹处，一些仿若真人形的石膏被一个个玻璃箱子装着，梅告诉我这是当时挖掘出来的尸体躯壳，后来，考古学家将石膏浆灌进已经干枯了的尸体空壳，制成许多和真人一样形状的石膏像，再现了受难者当时绝望和痛苦的表情。

一位孕妇的真人石膏像

古城挖掘一直都在进行，这座不朽的城市，远去的庞贝，正在渐渐完整地重回我们的视线……

它是那样凝重、深远，刺痛着每一位游者的心！

🌏 第37天（6月19日）

日出	日落	纬度	经度	水深	船速	气温	水温	风速	气压
5：46	19：08	41.19	9.18	69	16.2	23	21	18～22	1010

我的太阳

昨天的中餐是正宗的意大利餐，味道实在不敢恭维，但是没有关系，心情还处在远去的庞贝时期，就是再可口的食物，也不见得有胃口。

我的太阳

正低头用餐，忽然觉得吉他声悠扬传来，是那曲意大利名曲——《我的太阳》。转过头去，两位男士正边弹吉他边演唱呢！

平常，只有在电视中听帕瓦罗蒂的《我的太阳》，今天倒是在意大利现场聆听到了，虽然不是原音再现，但是看得出来，客人们已经是相当满足了，因为唱毕游客们高高地举着双手鼓掌；接下来又是一曲大家熟悉的《桑塔露琪亚》。客人们几乎全部跟着这首耳熟能详的曲子打节拍，和着歌者一起，将午餐的气氛推到了高潮……

"尽情享受生活吧，明天是捉摸不定的！"我们以庞贝古城出土的一只银制饮杯上刻着的话结束庞贝之行吧！

尽管今天的庞贝难以恢复它昔日的繁华，但它似乎蕴含着一种说不出的神奇力量，吸引着人们流连忘返，诉说着它的故事，它的神秘……

回到船上，夜幕渐渐降临，港口远远近近、大大小小的船只，打开了夜灯，将整个海面照得透亮……

西班牙 Spain

　　西班牙位于欧洲西南的伊比利亚半岛上，领土还包括地中海中的巴利阿里群岛和大西洋上的加那利群岛。主要是西班牙人和加泰罗尼亚人。居民多信奉天主教。西班牙语为官方语言。境内多高原、山脉、河网稠密。矿产和渔业资源丰富。

　　西班牙阳光明媚、海滩洁净、风光绮丽、古迹众多，有"世界旅游王国"的美誉。阿尔塔米拉洞窟、沙拉曼卡古城、科尔多瓦大清真寺、加拉霍奈国家公园等 10 多处名胜古迹，已被列入世界遗产名录。

此外，"幸福岛"加那利群岛有壮丽的火山景观和热带风；"地中海浴池"巴利阿里群岛，水光山色、海天辉映，多优良海滨浴场；著名的游览胜地"太阳海岸"，即地中海沙滩，浪静沙细，游人如织。

西班牙有许多古老的、独特的民族文化传统和别具一格的民族文化娱乐活动，如闻名世界的西班牙斗牛，热情奔放的西班牙舞蹈等吸引着各国游客。

首都马德里是全国政治、经济、文化、交通和金融中心，欧洲著名的历史古城。

名胜古迹遍及全城，有各式各样的凯旋门1000多个，各具特色的广场3000多个，博物馆50座。

长期自治使该地区形成独特的文化和艺术风格，我们即将领略有天才建筑艺术家高迪创造的别具风格的建筑群。

巴塞罗那：巴塞罗那位于伊比利亚半岛的东北面，濒临地中海，是一座美丽的城市，也是西班牙第二大城市。

市内罗马城墙遗址、中世纪的古老宫殿和房屋与现代化建筑交相辉映，不少街道仍保留着石块铺砌的古老路面。我们即将参观的建于14世纪的哥特式天主教大教堂位于老城中央，圣家族教堂是西班牙最大的教堂，连接和平门广场和市中心，加泰罗尼亚广场的兰布拉斯大街是著名的"花市大街"，西班牙广场上的光明泉巧夺天工、色彩斑斓，西乌达德拉公园的喷泉、动物园、植物园及蒙特惠奇公园的层层瀑布闻名遐迩。

巴塞罗那是典型的地中海型气候，温和宜人，全年阳光明媚，鲜花盛开，不像首都马德里那样四季分明。冬季和初春几个月雨量大，但很少下雪，气温很少降至零度以下。宜人的气候、著名的金色海岸和充满浪漫色彩的人文环境，每年吸引着数千万国外游客到此旅游休假。

导读：从十九世纪跨度到二十世纪，又从二十世纪跨度到二十一世纪，历经三个世纪的建筑将会以何种方式向世人展示。

第九站　西班牙

 第38天（6月20日）

巴塞罗那

对西班牙的了解，仅限于曾经读过的三毛的散文，三毛在西班牙住的时间较长，在她的书中很多地方有过她对西班牙、对加那利群岛的描述。

大巴穿行在西班牙巴塞罗那的街道上，所有的游客都在透过车窗欣赏街道两边的各式建筑。一条条街道穿行，一幢幢风格迥异的建筑，无不让你惊叹于这座简直称得上是艺术殿堂的城市！

这些光怪陆离的建筑无一不反射出当时设计者们的匠心独运！这种将古老与现代、人文与自然、激情与平和的交织，造就了这个别具一格的无可复制的建筑之城！

踏上巴塞罗那，准备迎接一场视觉的盛宴，领略独特的西班牙风情！

就连路灯都是那样典雅而精致，它的造型给整个街道增添出一种古典的神韵之美！

面包店里的小伙子，热情地招呼着每一位过往的游客。敞篷的观光大巴在街上显得格外醒目，不仅是它彩色的车身，更是坐在上层的乘客游览时兴奋的神情！

路边阴凉之处不时就有休憩的场所，人们悠闲地在这里聊天、阅读。

素有"世界旅游王国"美誉的西班牙，拥有众多的名胜古迹。我们今天不仅参观了高迪设计的圣家堂、古埃尔公园，更花了大量时间参观跨度三个世纪，现今仍在继续建筑中的哥特建筑群。

艺术的雕花

艺术的吆喝

艺术的路灯

艺术的观光巴士

你不能相信，这些碎花瓷片、乱石怎样造就了一个独特的、不可仿制的古埃尔超大公园。导游给我们介绍，这个公园建造之前，原本堆放在这里的这些乱石、碎瓷片是要处理的废品，结果被设计师废物利用，建造了这个世界上独一无二的特别风格的公园！不仅是废物得到了利用，而且还特别环保，真是一举多得！

　　公园的路面、圆拱门等等都是废弃的乱石经过设计师艺术处理的。几米高挑空的顶层，也是废弃的碎瓷片拼摆出的艺术图案，这种独特设计，无不紧紧吸引着来自世界各国的游客的目光。

不可仿制的古埃尔公园

　　巴塞罗那最著名的景点当然还是下一站——哥特建筑群。如果你来西班牙，也一定会来参观这个跨度三个世纪的雄伟建筑的！

　　自 1882 年开始动工，至今跨度一百多年尚未完工的艺术建筑，预计整个工程将在 2020 年才能结束。导游领着我们进入到里面参观，许多的艺术家们还正在工作呢！区域划分得相当清楚，参观的路线绝不会影响到艺术家们工作的环境。

　　从里面走出来，再看外部结构时，只能从远处观望，才能看到建筑的部分顶端。当这座雄伟的建筑群展现在你面前时，你不得不对天才的设计师发出惊叹！

　　回到大巴上，心中还久久不能平静，心灵还在为设计师的巨作而震撼。阳光透过一颗高高的棕树直射下来，一丛黄色的向阳花让我回到了二十一世纪，顿觉轻松了起来！

跨越三个世纪的哥特建筑群

第39天（6月21日）

日出	日落	纬度	经度	水深	船速	气温	水温	风速	气压
6：31	21：15	38．17	2．17	106	16.7	26	21	7～10	1012

海滩浪漫曲

巴塞罗那不失为一个美丽的海滨港口，椰树摇曳，海风习习，洁净的海滩敞开怀抱热情地拥抱着喜欢大海的人儿！

尽享日光浴

如果导游有提示，我一定不会不带泳衣。来到这阳光下的海滩，看着蓝色的海水，不想去水中游游才真有些委屈自己。现在不能像大家一样与海水热恋，就只能坐在海滩上，欣赏眼前这一幅幅美丽的画卷啦！

远处年轻人星星点点的驾着帆板冲浪；

沙滩上，一群少年快乐地打着沙滩排球，球飞到了海里，被海水中的游泳者用力投到岸上；

年轻的女郎躺在沙滩上，尽情享受着日光浴；

一对情侣在不远处的海水中水乳交融；

如果时间充裕，一定和他们一道融入这美丽的阳光海岸，享受大海的激情与浪漫……

西班牙美食

"京广：明天西班牙午餐记得一件事啊，餐馆的菜每一道上来分量都特别足，你不要只顾得吃前面的，一定要留着肚子吃下面一道接一道的菜肴啊！"这是山口先生来西班牙之前对我的提醒，山口先生来过西班牙多次，这当然属经验之谈了！

朋友的话真是千真万确！今天是原汁原味的加泰罗尼亚风味的午餐，如朋友所说，上完一道又一道，而且每一道菜不仅分量大而且非常可口，如果不是山口先生来前的谆谆告诫，今天就要犯不小的错误，而延误口福啦！

边用餐边观赏窗外的风景，游艇布满了巴塞罗那美丽的港口！远处的海滩上，仍然是人流如潮。

街头艺术家

今天还有一点不能遗漏的艺术，就是各个街头不少的艺术家，不光现场弹奏音乐，而且同时出售自己的CD。

出售自己CD的街头艺术家

平常在北京的地铁里，也常常能看到这种现象，不要错以为他们是迫于生计，于他们中的大多数而言这是一种于人于己的快乐传递！

有时刚刚进入地下铁的电梯，如泉的音乐缓缓传入你的耳畔，你陶醉其中的时候，它是否让你忘却了一天的疲惫与喧嚣，将你从"钢筋"森林中立拔出来带你进入到一片茂密的原始绿林间徜徉，呼吸着新鲜的空气，让你内心顿而变得安宁……

你不在内心深处感激着这些默默的音乐人吗？

是的，一定会的！

今天在这异城，亦是如此。无论你参观哪一座艺术宫殿，都会伴有这相烘托的音乐萦绕，仿若是天然的背景音乐，那音乐与建筑恰到好处的相融合！

我喜欢这种融合，我深深为这些默默的艺术家们感动！

第40天（6月22日）

日出	日落	纬度	经度	水深	船速	气温	水温	风速	气压
7：07	22：01	36.10	7.01	730	16.7	25	21	10～15	1010

闲 适

　　My fair lady 是最热闹的地方,这里每天活动不断。你看看这些打乒乓球、跳民族舞,吹笛子、弹琴的游客,玩得多么开心啊! 我真的好佩服这些七十岁、八十岁甚至九十岁的老人们。

　　他们给了我很大的生活启示,我经常思索当我老了以后,除非我老到哪儿也去不了,只能在摇椅上慢慢摇之前,我都该这样积极而有趣地生活!

　　闲暇的时候,工作人员会在他们的区域边享受海风边上网。

　　其实,工作人员每天工作的时间相当长,约十多个小时,三个多月在船上的时间里,几乎没有完整的休息日,但当他们完成这样的一次环球工作后,可以在家休假三个月,然后再上船。当能够三个多月时间边工作边走访这么多国家时,他们会告诉你再苦再累,这种工作也是值得的!

Lisa 在跑步　　　　David 在练胸肌

　　我这次的游历性质也有一点类似,因为教授瑜伽,日方优惠了我一半的船票费用,而另一半是我所在的青鸟瑜伽公司董事长王枫先生帮助了我,真是感谢啊!

　　船上还有很多英语、法语、西班牙语等语种的老师,他们基本上在日本生活多年,都懂日文,在船上积极的教授各种语言,同时肩负一些其他工作,比如翻译、记者,甚至最后下船时又成为行李搬运员,顺便说一句,他们也是登船前日方从网上招募的，这也是一群边工作边旅游的幸运儿！

每天你同样能看到这些来自不同国家的年轻人的笑脸，闲暇的时候，他们喜欢来到七层的健身房锻炼身体。

第41天（6月23日）

快乐的 Eduardo

第一次碰到奥多瓦尔多，是在驾驶室；第二次看见他是他和同事一起在升旗。邮轮上的二副，33 岁的奥多瓦尔多，北美危地马拉人，两个孩子的父亲。邮轮每停靠某个国家前，奥多瓦尔多和他的同事就需要在船的最前端和十层顶上插上该国国旗。

我是相当羡慕工作人员能去船的最前端的，因为泰坦尼克中 Rose 和 Jack 最浪漫的一个镜头就在那里！我后来问大副 Romeo，Romeo 歉意地告诉我那里游客止步，现在奥多瓦尔多也同样对我摇头，这也成了我此次航行最大的憾事！

以后和奥多瓦尔多见的次数逐渐多了，便不时与他聊聊天，了解一下海员生活，很是有趣！

隔一段日子，当我能记住他的全名——安玖儿·奥多瓦尔多（Angel Eduardo）时，他显得特别开心。这么长一串的名字，要我们中国人来记住，确实费了一番工夫，就叫约翰、大卫多好记！

奥多瓦尔多 22 岁起开始驾驶邮轮，现在已有 11 年历史了，可以称之为年轻的老驾驶员了。他早晚的工作都是驾驶邮轮，下午还兼有船上一些其他附属工作，比如检查救生艇、检查底层的机器，等等。

不论你什么时候见到的奥多瓦尔多，都是利利落落、长发飘飘、香气飘飘。直到后来到了北美其他几个国家，才发现许多人都是这样，难怪见多识广的文子说他：典型的北美人！

从不抽烟的奥多瓦尔多喜欢喝些啤酒，和船上许多其他工作人员一样，喜欢在他们的啤酒屋喝啤酒，船上工作人员和乘客的啤酒屋是分开的。奥多

瓦尔多与我聊得最多的是他美丽的妻子和两个可爱的孩子。每到一个国家，他都会在港口挂长途电话回家问候。

奥多瓦尔多有一个拿手绝活，那就是帮船员理发，这也是很多工作人员特别喜欢他的重要原因之一，因为船上理发实在太贵，当他们下船去某些国家后，又不舍得将时间花在理发上。你能否想象，就连他自己的头发都是自己剪！他给船员理出的发型都相当酷哟！

奥多瓦尔多工作起来热情似火，我从来没有看到他慢下来的时候，也很少看到他不笑的时候。船上有很多地方乘客止步，但当我看见奥多瓦尔多越过那些障碍时，从来不像别人那样，推开栏杆进入，他总是像刘翔跨栏一样的跳跃过去，仿佛永远不知疲倦的一个大孩子。

我常常与这些工作人员一起聊天，什么都聊，我们会聊到工资、待遇等等，还会聊到他们的私生活方面。他们中偶尔也会有人抱怨工作时间太长，工资也不高。奥多瓦尔多却是从不嫌时间长，觉得工资完全可以满足的一个人。说到工资时，他总喜欢夸张地对我：Too much！

每个人都会有自己梦想，我以前从没有想过环球，但此时我正在环球。奥多瓦尔多的梦想是要踏遍地球上的每一块陆地，这是他能够做到的，因为他的工作所至；而我现在也在想，这次我们将去北极，如果下次我能去南极，那也算梦想之一吧！

第 42 天（6 月 24 日）

日出	日落	纬度	经度	水深	船速	气温	水温	风速	气压
6：35	22：26	47.14	6.49	4000	16.4	22	17.6	7～10	1009

冲破云层的霞光

从昨天下午乌云密布后开始狂风不止，直至傍晚时分，天空万道霞光冲破云层时，我们就料到，明天，一定会是好天气！

清晨，是谁家画笔将天际染红，巨虾头般的红霞托起了初升的太阳；

午后，棉花丛般的白云簇拥着太阳，一根银色的剑云直冲过来，与上空的棉花丛与波光粼粼的海面相互辉映……

谁家画笔染红天际

法国 France

　　法国位于欧洲大陆西部。领土呈六边形，三边临海，三边靠陆。

　　法国美丽的城市，豪华的王宫，珍藏无数瑰宝的博物馆和美术馆、阿尔卑斯山的雪峰以及脍炙人口的法国大菜、醇香甘美的葡萄酒，都令游人心旷神怡。名胜有卢浮宫、凡尔赛宫、波旁宫、爱丽舍宫殿、卢森堡宫、巴黎圣母院、蜡像馆、凯旋门、天然动物园、蓝色海岸等。

　　其中，科米原始森林、扎莫希古城、布尔日大教堂、阿尔勒城、加尔桥、斯特拉斯堡和大岛、圣米歇尔山及海湾等二十多处名胜已被列入世界遗产名录。

　　首都巴黎是全国政治、经济、文化和交通中心，属历史名城。巴黎街道整洁、绿树成荫，到处都有五彩斑斓的花坛和喷泉，有"世界花都"之称。

　　市内除众多宫殿外，还有埃菲尔铁塔和布洛涅，万赛讷森林以及 426 座公园。

　　巴黎香水驰名全球，有"梦幻工业"之称。

　　巴黎时装更是新颖别致，不愧为"世界时装城"。

勒阿弗尔：勒阿弗尔是法国西北部诺曼底大区滨海塞纳省著名的地处英吉利海峡的港口城市，也是一个集美景和宗教为一体的港口，是法国印象主义的故乡。在二战中一直被德军占领，街道几乎化为焦土，战后勒阿弗尔奇迹般地复兴，2005年被列为世界文化遗产之地。

圣米歇尔山：被19世纪法国文学大师雨果称为"海上金字塔"的圣米歇尔山耸立在法国北部勒阿弗尔港口，诺曼底及布列塔尼之间的沙地上。

圣米歇尔山面积很小，直径只有1公里，山头建有比它高出近两倍的修道院。这是一个神秘的地方，潮涨时，它像个孤岛，冷漠高傲而深不可测；潮退时，它又变得平易近人，但那高耸入云的教堂仍有种让人窒息的感觉。

圣米歇尔山就这样游走于"陆地"和"海岛"之间，日复一日，年复一年，循环了近千年。

导读：幻想了一生的浪漫，就要在这里出现了……

第十站　法国

 # 第43天（6月25日）

圣米歇尔山

邮轮于上午9点抵达法国勒阿弗尔港口——这是沿途的第十站了，也就是说，对于22国的旅程快走了一半了。

人们纷纷来到甲板上观看邮轮慢慢靠港，亦如飞机着陆需要滑翔一段时间一般，邮轮靠港也需要较长的时间。

每到快接近某一个港口时，这个港口就会有一艘Polit引水船开过来，接洽我们，然后引领我们靠港。

10：30，我们J团出发参观圣米歇尔山，三个小时的车程，沿途就属于车窗观光了。天上大朵大朵的白云向我们飘过来，就像给我们送来了儿时吃的棉花糖；硕大的联排风车直插云层，形成路旁一条美丽的风光带；一些小黄花、小紫花映衬在绿绿的草丛里，就像一群调皮的孩子在大自然里自由玩耍；阳光照耀在塞纳河上，映衬得两旁的树木更加苍翠；牛群、羊群慵懒地躺在草地上，享受着阳光给予的能量！

一路风光如画，三个小时的车程变得尤为短促，很快就接近圣米歇尔山了。远远看去，圣米歇尔山就像一座孤立的小岛，除了我们前行的这条通道，其余三面全是水。

圣米歇尔山始建于一千多年前的一个修道院，位于诺曼底入海口。中世纪，人们选择了在这个被大海和流沙包围的峭壁上生活，在极度清静孤独中，向上帝和大天使圣米歇尔祈祷。但这片圣地很快吸引了众多的朝圣者。在峭壁上建立的本笃会修道院，一直由诺曼底公爵保护着，其独特华美的建筑群记录了千年岁月的沧桑，令游客们惊叹不已！

在百年战争中，这座圣山和他的修道院及城邦，依靠着得天独厚的险要地形和新建的防御工程，顽强抵抗住了英美的进攻。军事要塞的特点，使得山上的一些建筑逐渐成为关押囚犯的国家监狱，俨然是一座海上巴士底狱。十九世纪，这里开始全面修复工程，从此成了一座历史古迹！

一个时代就像一部戏剧，纵观圣米歇尔山的历史就是法国的历史，乃至欧洲的历史。这座迷宫一样的建筑直插云霄的尖塔和繁复错落的圣堂浑然一体，罗马式建筑和哥特式建筑和谐共处，映以苍茫大海，美轮美奂。悬崖峭壁上构筑这样一座八十米高的奇特建筑，凝聚了当时设计者高超的技艺，造就出这永恒的惊世之作！

在迷宫一样的建筑里面参观了近两个小时，直惊叹于一千多年前这雄伟的建筑，及发生在这里的一个个惊险故事……

走出迷宫，仰望着圣米歇尔山，从陡峭斜坡上设计和实现这个高大雄伟的建筑，它无不被称为法国史上的奇迹！

回程路上，远远地看见一大群绵羊悠闲地在山前草地上，一对小朋友在碧绿的草丛中嬉戏，感觉一切是那么安详、恬静！仿佛这里从未有过战争！但愿，圣米歇尔山，不要再有入侵者，永远保持这份宁静、祥和！

宁静的圣米歇尔山

108

第 44 天（6 月 26 日）

日出	日落	纬度	经度	水深	船速	气温	水温	风速	气压
5：34	22：12	51.25	2.12	23	7.8	17	17	10～15	1014

特殊旅者

　　同一片蓝天下，我们可以以我们的双眸欣赏整个世界；我们可以轻松自如地自由行走；开心了，我们可以以最美妙的言语尽情表达……

　　沿途中，却也有这样一群特殊的旅者，他们的行动或许需要拐杖的支持；或许需要以轮椅代步；亦或许拍摄时，用一侧脸代替一只手，与另一只手共同操作摄像机；亦或许只能用眼看，不能似我们一样，用言语尽情表达……

　　旅途中，常常遇到这样的一些特殊旅者，他们的精神真让我们这些健全人感动、钦佩！

　　昨天当我们的大巴车随着其他大巴缓缓向圣米歇尔山前进时，我远远就看到一位男子在自己推着轮椅前进，这并不是我见到的第一位，很多旅游点都会碰到，我们邮轮上就有三位。每每看到他们，想上去帮他们一把时，他们总会笑着摆手："不用，谢谢！我自己可以！"

　　佩服你们，没有什么不可以！

荷兰 Holland

荷兰位于欧洲西部,濒临北海,地势低洼,是世界著名的"洼之国"。境内湖泊星罗棋布,运河纵横交错,到处鲜花绿草,这个国家宛若一座美丽的大花园,北美誉为"西欧花园"。荷兰经济发达,尤其盛产花卉,所以亦有"花卉之国"之美誉。

荷兰境内风车随处可见,也有"风车之国"之称。

阿姆斯特丹:首都阿姆斯特丹原来是一个小渔村,13世纪在阿姆斯特河的河口筑了大坝,改称为"阿姆斯特丹"。现在是全国政治、经济、文化中心。阿姆斯特丹素有"北方威尼斯"之称,市内有50多条运河,纵横交错,层次井然,船只在运河中可自由航行到市区的任何地方,河两岸矗立着富商们的府邸,尽显"水之都"的魅力。

市内有很多古老建筑和40多家博物馆,如王宫、皇家博物馆、历史博物馆,梵高纪念馆等。主要城市有"欧洲最大、最美丽的村庄"海牙和"欧洲最现代化的城市"鹿特丹等。

导读:郁金香盛开,运河交织,我们置身于一幅美丽的卷轴中……

第十一站　荷兰

第45天（6月27日）

运河交织

　　邮轮从英吉利海峡缓缓进入北海，今天抵达第11站——荷兰首府阿姆斯特丹，对于全程22个国家的旅程，现在就正式完成一半了。

　　六月的北京正值初夏，忽而阳光忽而阴雨的阿姆斯特丹，季节好似已入初秋。随着邮轮慢慢北上，人们开始穿上薄外套甚至羊毛衫了。轻风拂面而来，捎上了些许凉意，不很冷，倒让你感觉通透的舒爽！

　　荷兰——这被称为"洼之国"、"花卉之国"、"风车之国"的国度，今天随着我们的亲历，一一得到解读！

　　刚刚从大邮轮上下来，分成小队的人马坐进一种只能容纳二十余人的观光小船，开始游历阿姆斯特丹的市内运河。市内拥有160多条大大小小的运河，这些运河与1000余座造型迥异的桥梁相连。小船漫游水中，尽观这座"北方威尼斯"城河流纵横、桥梁交错。从空中鸟瞰，波光如缎，状似蛛网。

运河交织

雨中转动的风车

阿姆斯特丹人居水上、水入城中，人水相依，景自天成！

忽然想起在新加坡观光时，也是坐着小船游历新加坡河，其中最大的不同在于，在新加坡游历的只是一条纵向线的新加坡河，而此处却完全是在纵横交错、星罗棋布的运河中穿梭。

河道两旁一座座紧密相连、色彩斑斓的建筑，是17世纪富商的宅邸，以粉红、诸红、褐色诸多，所有建筑均只有三、四层楼高。

一艘艘小巧玲珑的船屋停泊在两岸，这就是阿姆斯特丹著名的一景——水上人家。随着小船在运河中穿行，眼前掠过的是古老的街道，古朴的建筑，诱人的水上餐厅、水上酒吧、水上咖啡屋、水上Taxi。所见之处，无不是鲜花锦簇，绿草相依，让你无意识中联想到"花卉之国"这一美誉！

随处转动的风车，给水城注入更多的鲜活，水的灵动与风车的律动相互交织；成群的海鸥在水面和楼房间盘旋，鸭子在清澈的水中自由的游来游去；河岸的一侧一位女郎席地而坐，戴着耳机，一定正陶醉于舒适的音乐，岸的另一侧一位男子斜靠在路边的躺椅上向我们友好地微笑挥手……一切是那样闲适，一切是那样恬静。生活啊！本应该就是这样从容，何必要弄得那么匆忙呢！

第46天（6月28日）

日出	日落	纬度	经度	水深	船速	气温	水温	风速	气压
5：15	22：46	54.45	5.10	43	14.8	19	15.2	15～20	1015

梵高纪念馆

阿姆斯特丹满城皆是博物馆，著名的梵高纪念馆便座落于这座水城。

提到达芬奇，你会联想到《蒙娜丽莎》；此刻看到梵高纪念馆，你一定是想到那幅举世的《向日葵》了。

今天真是幸运至极，这里的多媒体音频耳机难得地配有中文讲解。我高兴地带上了备有中文解说的音频耳机，还拿到了一份中文解说。

几百幅梵高的画作，都按顺序编着号，你需要听哪一幅画的讲解，先按这个号，然后再按其中的中文解说键，你不仅可以听到有对本画作详细背景的中文讲解，而且还配有符合这幅画的背景音乐，让你感觉如身临其境。

今天我们的参观不需要大动脑细胞迎合着别国语言的思路，尽可以以自己的母语而聆听。当世界上很多人都在学习你的母语时，你是不需要去迎合他人的，哪怕离家万里之外，你也可以人前昂首阔步！

整个三层楼的纪念馆内，参观者甚众，但鸦雀无声，每个人都带着音频耳机，在听自己想听的，看自己想看的。当你不需要听时，可以关掉耳机，清清静静，漫步欣赏。

明快的音乐激起你身体的每一个艺术细胞，我开启了《向日葵》的按钮。

这是向日葵——梵高的向日葵，这是梵高的花，梵高就是向日葵，向着温暖明媚的太阳！

自 1880 年梵高立志要成为画者开始，他的生命就被这明艳如向日葵的金黄和压抑如暴风雨夜的漆黑所填满，再也装不下其他。古往今来的大艺术家们，又何尝不皆如此啊！所以他又总是被暗夜纠缠、折磨，看不到内心里渴望的阳光。

梵高，将一切对生命的热烈和激情都用金黄来表现，他憧憬着美好希冀和光明的未来，这是梵高为之疯狂创作的重要源泉。可是与明媚相对立的则又是永远看不到的失望与黑暗。一次次感情的受挫，经济的拮据，他的艰难经历无不反映出那无边无际的黑夜给他的恐惧的预示和桎梏，那黑暗如满天的乌鸦遮蔽了天日，阻隔了光明， 最后他深陷自己亲手制造的巨大旋涡中，无法挣脱，死在了曾给他无限灵感和希翼的金色麦田中……

这就是梵高，作画十载遗作甚丰，追逐梦想也被恐惧追逐的一代名家。他试图用手中的调色板，去勾勒无比向往的生活，诠释他复杂的内心，但他最终没有逃脱命运于他的万般纠缠，这就是一代艺术家梵高生命明暗交织的悲惨画面。

纵贯古今，又有哪一位艺术家不是"这一生不过是一次播种时期，收获

是要在下一次人生"的命运呢！

　　风车，运河，小桥，船屋，别样的建筑，满城的博物馆，让我们解读了这座城市一半的美丽；

　　诱人的郁金香，田园，木鞋，红灯区……所有这一切，她们在等候我们下一次对她的观光。

　　一次旅行，你不能将所有的景色都尽收眼底，旅途总会让人留下某些遗憾；人生何尝又不是如此呢！

挪威 Norway

挪威属于北欧国家，位于斯堪的纳维亚半岛西部，东与瑞典接壤，西邻大西洋。海岸线极其蜿蜒曲折，构成了挪威特有的峡湾景色。此外，挪威还与芬兰、俄罗斯接壤。

自 2001 年起挪威已连续六年被联合国评为最适宜居住的国家。

挪威地处偏北，其最南点（北纬约 58 度）比中国最北点（不到北纬 54 度）还要北。北极圈横穿挪威北部，北部一些城市到了 6、7 月份根本没有夜，可以看到午夜太阳以及美丽的北极光。

卑尔根：卑尔根位于挪威的西海岸，是挪威第二大城市和第一大港，建于山丘上的城市，周围是高山与峡湾，城市靠山面海，整体给人以一种对称和条理感。可欣赏到由百万年冰川 地形变动而形成的峡湾景色，远眺群山环抱两岸风光美丽，令人目不暇接。

我们今天游览完挪威的卑尔根后，将于明天游览著名的松恩峡湾。

导读：这里——没有黑夜！

第十二站　挪威

 第 47 天（6 月 29 日）

卑尔根街头——"百万英镑"

卑尔根街头

　　我在前面说过，每一站的路线都是在国内时就已经定好，但如果途中改变了主意，结识了新的朋友，想结伴而行，由"J"团改到"K"团或"D"团，也是可以的；或者说你不想跟团，想退出来自由行动，同样没有问题，到服务台提前办理手续就好了。

　　今天我第一次退掉了游玩线路，准备到挪威卑尔根去走访一、二家健身房或者瑜伽馆，这也是我此行的重要工作之一！

　　还在邮轮上时，朋友就告诉我，今天是周末，这些欧洲国家的人都在休息，健身房肯定不会开门。我不信，照计划穿上练功服，裹一件大羽绒服，便下船了。

　　坐上出租车，司机热情地告诉我，附近就有健身房，里面有瑜伽课程，但是今天肯定不开门，问我还要不要去？想了想，线路都退了，不去又不甘心，还是去一趟吧，万一门又开了呢！我怀着侥幸心理，随着出租车进入卑尔根大街。

　　门是真的没有开，"侥幸"此时显得毫无力气，下车吧，就在街上转转。

广场上喂鸽子的孩子

掏出钱来付给司机，美元，司机摇摇头；掏出唯一的那张 500 元面值的欧元，司机瞪大了眼睛——仿佛这是英国经典老电影中的那张百万英镑，司机对我无奈地摊开双手，这回轮到我摇头："没有了"，司机做了个可以刷卡的手势，但是——我今天没有带钱包，信用卡也就没有随身了。

我急了！有时候，人可以急中生智，而有时候只可以急而不能生智。我就属于后者。

顿了顿，司机笑了："送你吧！很开心，第一次见到中国女孩。"

第一次见到中国女孩？那更不行！我当然不愿意人家对我们中国女孩是这种印象！非得要他收钱，可他解释，美元在这里没有用，欧元又找不开，何况路程也不算远，就算送我，并希望我在卑尔根玩得开心。

非常感激又歉意地下了车，与司机挥手告别，心里对自己说：世上总是好人多，又补充一句，好人一生平安！

卑尔根不光是健身中心不开门，任何商场大门也是紧闭，只有外面广告牌上的美女仍不忘友好地对你微笑！我就在街上闲逛着，看孩子们喂鸽子，看鸽子在街上、在人群里自由行走，看海鸥在这座港口城市的上空自由飞翔……

健身房去不了，就在卑尔根街头自己习练瑜伽不也很好吗！不去看别人的风景，自己成为街头一景不也别具风味吗？

🌐 第48天（6月30日）

日出	日落	纬度	经度	水深	船速	气温	水温	风速	气压
3：30	23：44	61.10	6.37	1205	13.9	18	13.5	7~10	1012

梦游松恩峡湾

挪威的自然风光在北欧四国中首屈一指，特别是境内多峡湾的挪威，数有"峡湾之国"的美称；其著名的峡湾、壮美的冰川，更令她拥有"北欧景色，

挪威独秀"的美誉!

在挪威的峡湾中，尤以松恩峡湾最为著名。它全长 205 千米，宽约 5 千米，湾口最深处达到 1350 米，湾口自卑尔根以北约 73 千米处，并深切入海拔 1520 多米的山地，是世界上最长、最深的峡湾。她气势宏伟、壮阔，景色美轮美奂，为北欧之游的绝佳胜地!

今天的日出是 3：30，待我睡到自然醒，已是 5 点多，拉开窗帘一看，平常开阔的海面，此刻似乎被什么罩住了，将脸贴近窗口，啊——旁边的高山挡住了视线——应该是进入峡湾了。

先跑到顶层甲板上，真冷! 气温已经降到 18 度了，人们上甲板已经带上冬帽、穿上大棉衣了。我向来属于美丽冻人一族，这么美的景色，照了景，不照人岂不浪费!

如果没有阴雨，画面将会拍得更美，但是有了阴雨，将景色浸润成古代水墨山水画的意境，更多了些许情调，你会不会感觉仿如《白蛇传》里白娘子与许仙相遇的断桥呢!

如果不是旁边的一些欧式建筑，你仿佛是畅游在中国的长江三峡，我没有去过三峡，这是朋友说的，我凭着想象借用一下。

每年的 5 月是挪威夏季的开始，峡湾到处郁郁葱葱，一片生机盎然，其中松恩峡湾更是让你找寻北欧初夏阳光的绝佳时期。

现在是 6 月末，天空一会晴朗、一会又阴雨。晴朗时，眼前的一切灿烂得有些不真实；阴雨时，让你又忽然掉进如梦似幻的梦境中。你竟感觉到底是画中有我还是我已入画中……

  一会儿出现一些低矮的房屋，一片片紧紧相连；浮云时而绕在山顶，时而穿行在山腰，时而又飘近水面；白雪覆盖的山顶；海鸥在山间自由飞翔；时而细雨绵绵，时而又阳光灿烂；眼前变幻莫测的天气，让人想起《格林童话》《汤姆叔叔的小屋》，等等。

  两边一直是高高的、绵绵的青山，山上绿树荫荫，不时有小瀑布从山涧往下流，远远看去都是白白的一线，真是"细细一条线，悬挂在青天"，当风儿一吹，那白色的水线便飞了起来，如白雪纷飞，飘得远远的。有的似万马奔腾，"挂流三百丈，喷壑数十里"；有的则像巨龙翻滚，"万丈红泉落，迢迢半紫气"；有的若银蛇起舞……飞瀑流泉与青山、碧水和蓝天白云构成一幅雄浑壮丽的画卷。

  白雪皑皑的雪山随处可见，两岸山峦起伏，层林叠翠，水雾加上云雾缭绕，虚无缥缈，仿入仙境。你时常想到的"人间仙境"，如果你到这里游上一圈，你就能亲身体会什么是仙境了……

  站在甲板上被风吹得很冷，很多人躲在船舱里。船舱里恒温，很舒适，可以继续吃点心、看书、听音乐、聊天，然后不时看看外面的景色，真是惬意！

  但要亲身感受松恩峡湾之美，就得经得住风雨，一切都不要怕！

  今天邮轮从松恩峡湾转完一圈回来，脑子里突然蹦出"梦游松恩峡湾"，真的感觉如梦境一般。又想起陶渊明的《桃花源记》，那感觉依稀是不真实！

 第49天（7月1日）

日出	日落	纬度	经度	水深	船速	气温	水温	风速	气压
3：15	23：44	62.28	4.37	623	14	12	10	15~28	1002

感受幸福

　　曾写过很多关于幸福的文章，对幸福的理解就是"简单"二字！

　　今天是航行的第49天了，旅程即将过一半，眼前的幸福是什么呢？

　　幸福～

　　是晨起后踏上甲板随着海风，跳上一支舞蹈；

　　幸福～

　　是在阳光泳池边喝着咖啡，慢慢启开电脑；

　　幸福～

　　是收拢着思绪，化成一行行文字；

　　幸福～

　　是仰望蓝天，看白云涌动，任思绪飘扬……

　　幸福～

　　其实很简单，

　　她是眼前的点点滴滴，

　　她时时刻刻绕在我们身边，

　　对生活索求越少，

幸福的滋味就越多；

　　……

　　感受幸福，就是让我们珍惜好每一个今天，珍惜当下。今天邮轮在前行，我们面对眼前的美景，珍藏着幸

福；期望下一站的风景更美丽，憧憬着幸福！

　　一切其实都是那么简单！一切其实都是那么幸福！

 # 第 50 天（7 月 2 日）

日出	日落	纬度	经度	水深	船速	气温	水温	风速	气压
2：52	23：34	62.34	17.23W	1790	14.5	14	11	18~32	993

抵冰岛前夜

　　总喜欢趴在窗口看落日，看着硕大的天幕慢慢将天空遮盖住——这是我脑海中永远的夜色！

　　邮轮自 6 月 30 日离开松恩峡湾后，7 月 1 日前往冰岛途中，便出现了一种没有夜的现象。前几日已感觉到怎么 22 点了，外面还那么亮，后来 0 点了天依然没有要暗下来的意思。直到 7 月 1 日，已是完全没有夜了。今天晚餐时，周先生说："怎么回事呀！这个天怎么都不黑呢！我已经两个晚上都没有睡觉了哦！"

　　我不喜欢关窗帘，昨晚整夜没有睡，风浪太大，人感觉有些晕，带来的晕船药现在终于派上了用场！

　　23 点了，天还如北京夏季的 6、7 点钟；0 点、1 点了，天也才如北京夏季的 8 点，2 点、3 点，天就一直这么亮着。现在是早晨五点，天空如此明朗，睡意一点也没有。

　　趴在窗口傻傻地看着外面，浅灰的云层，浅灰的海水，不时有勇敢的海鸥在海面飞翔，写写文字，喝喝水，直到早上 8 点起床去吃早点。

　　其实，我们上一站挪威，夏季就有一段"永昼期"，没有黑夜，挪威还被称为"夜半太阳国"。冰岛更有夜半太阳的奇景，如果明天我们有幸能看到，那就又是一样幸福！

冰岛 Iceland

冰岛位于北大西洋北部，美洲板块和欧洲板块的交汇处。它既是欧洲第二大岛屿，又是地球上唯一位于板块交汇处的岛国。找遍地球的各个角落，你不会发现第二个国家有她这样如此千变万化的自然景观，所以你将看到我最喜欢的国家是冰岛！冰川、温泉、间歇泉、活火山、冰原、雪峰、火山岩、荒漠、瀑布及火山口。自然环境纯净、清新，堪称环保的典范。

在冰岛除了能观赏到自然之手创造的自然奇观，还可以尽情享受出海观鲸、冰河漂流、午夜高尔夫、深海垂钓、月球地貌探索等活动，让您在穿越时空界线、远离城市间纷扰之余令身心得到全方位的放松。

雷克雅未克：雷克雅未克是冰岛首都和第一大城市，也是地球最北的首都。

位于冰岛西南端的峡湾，距北极圈很近，拥有 11 万人口，临近还有一个 5 万人口的卫星镇，是冰岛全国人口最多的城市。建于 874 年，雷克雅未克城市道路发达，环境极为整洁，是一座现代化的城市，也是个悠闲舒适、朴实无华的城市。

它在严寒冬天因地热导致道路不积雪的安全而闻名于世。其中位于首都雷克雅未克附近的蓝湖（Blue Lagoon）在温泉界享誉盛名。顶着雪花飘飞的冬季，在温融融的对皮肤有着神奇美容功效的水中浸浴，充分享受大自然的赐予是怎样的一种美妙体验。附近还有建在火山口上的桑拿，欧洲最大的瀑布——黄金瀑布和欧洲最大的冰川——瓦特纳冰川，冰岛的奇景间歇泉和忧伤的冰岛浮冰。

在雷克雅未克，处处可见热气腾腾的温泉，供暖均靠地热。风力、水力应用发达，是一座以环保闻名世界的城市。

导读：当你慢慢走进一间冰屋…慢慢坐在冰椅上…慢慢喝着冰水……你最想做的是什么……

第十三站　冰岛

 # 第51天（7月3日）

冰岛——冰之岛国，印象中的冰岛该是冰天雪地才对，而今天我们到达的冰岛首都雷克雅未克，却并非冰天雪地，而是阴雨绵绵，与印象中的冰岛相距甚远。

趴在窗口向外望，哇——一位美丽的妇人身着全黑的长袍，冒雨站在岸边，手提一篮玫瑰花，正一朵一朵地向船上扔，一下子仿佛置身于童话故事里。看看时间，离下船已只有几分钟，无法跑上甲板清晰地拍下这难得的一幕，只能隔着雨线迷蒙的玻璃窗拍下朦胧的照片了，好生遗憾——但这也是途经的几站中一道特殊的风景，一种特别的礼遇吧！

冰岛位于北大西洋北部，现在虽未冰天雪地，但感觉是天寒地冻，这里已近北极圈，除了我们后天要到达的格陵兰岛，它就属于欧洲的第二大岛屿了。

冰岛人一半以上生活在首都雷克雅未克及其周边的城镇，官方语言是冰岛语，但在这里大多数人都会讲英语，当我们与当地商人购物交流时，许多人都能讲一口流利的英文。

从邮轮上下来，冒着雨有序地登上大巴。车沿着干净的、窄窄的马路一路前行，雨仿佛越下越有趣。雨点敲打在大巴的顶棚上，感觉如大珠小珠落玉盘；雨线顺着玻璃窗一丝丝往下落，将车内暖融融的气氛与窗外雨打芭蕉的翠绿世界融汇成一道别样的风景，甚是好看！

看情形，今天只能是雨中赏冰岛了。

大巴冒雨前行，没过多久，停到了今天参观的第一站——维蒂火山口。这处火山口是大约6000年前火山喷发后的遗骸，它造型奇特，硕大无比的椭圆形山口，到下面越来越小，底部蓄有一潭10米左右深的死水，这个锥形火山口，而今成为雷克雅未克一个著名的游览景点。

冰岛四处多火山，在冰岛西岸海边，有一座约有5000居民的"西人岛"。1973年这里的火山爆发后，被火山熔岩掩埋一半的房屋至今仍历历在目。直视这些残骸，人们强烈感受到大自然威力下，人类的渺小与无奈，脑海中猛地跳出意大利"庞贝"古城更为惨烈的景象来。

冰岛奇观真多，没走几步大家又看到一个温泉，虽不算在我们的游览景点内，但是那蓝色的水，围满着手拎照相机的游客，这里也就成了不算景点的景点吧！我坐到温泉边用手轻触那漂亮蓝色的水，老天——差点将我的手烫坏，这哪是什么温泉，叫"烫泉"才更恰当。

维蒂火山口

盖锡尔间歇泉

我们的下一站是冰岛奇观——盖锡尔自然间歇泉！

来到盖锡尔自然间歇泉，旁边挤满了举着照相机、摄像机等待的人们，还有专业人士更是在地面支起高高的三脚架，架着高级摄像机，等待着、等待着……

真是："千呼万唤始出来，犹抱琵琶半遮面"呀！旁边一位游客在自言自语：这个间歇泉每三四分钟喷射一次。

　　我像大家一样，将摄像机对着泉口，屏住呼吸，和大家一起，等待着，等待着……

　　突然，我那亲爱的摄像机发出"嘀嘀嘀"的警报声——完了，录像带用完了！怎么办？看看那喷泉口，又端详一下摄像机：别磨蹭了！快快更换录像带！

　　风真大！发丝随着风卷进了机器里，快快拉扯出来，录像带的包装塑料纸又被大风刮走，吹到哪里去了？啊——警戒线以内，不行，得赶紧捡回来！跑进警戒线内，将塑料纸迅速捡回手中，又赶快向外逃……

冰岛——间歇泉

　　"啊！喷出来了，喷出来了，好高呀！"人们尖叫着，我快速地举着手中的摄像机，顿时听到了世界上各种不同的语言在狂呼……

　　我也和着人群欢叫着，忘记了刚才的一切紧张。

　　刚才真是险啊！如果喷泉提前一秒钟喷出来，我拍不到片子不说，有可能还会被烫伤，弄得全身湿透；现在我既没有烫着，而且我的摄像机、照相机都拍摄到了这一壮观的精彩镜头，真是幸运至极！

　　这次一分钟内接着又连喷了两次，并且两次都喷出十几米高。用手摸摸那溅到脚边的水，如前面摸到的蓝水一样——一个字"烫"！

　　接着不愿离去的我们又想等待几分钟后的第二次、第三次，这时候，大家可算都有经验啦！

　　仔细观察，间歇泉的喷水过程是这样的：这是一个如深井的深洞，几分钟内水从底下开始往上冒，接着水面开始冒气泡，沸腾起来，沸腾的水又缓缓往泉口外溢出，类似于家里烧开水，中间水面越来越高，形成一个强大的水柱，最后仿若支持不住了，才"砰"的一声往上喷出，有时喷射十几米，有时甚至几十米高的水柱。

　　附近的间歇泉远不止这一个，看完名为盖锡尔的最大的间歇泉，旁边还

有许多小泉呢，都取了好听的名字。你看，到处冒着腾腾的热气，到处水面冒着气泡……

恬静之都

雷克雅未克城市布局匀称，街道泾渭分明。这里没有摩天大楼，甚至连高楼都没有，居民住房小巧玲珑，大多是两层楼的建筑，远远看去，就像儿童搭摆的积木，风格各异，建筑以红白为基调，色彩鲜艳，与碧蓝的海水、翠绿的草地、银白的雪山相映成辉，构成一幅如诗如画的美景，给人们整齐美观、恬静闲适之感。

因为常年低温，受气候因素的影响，在雷克雅未克树木极难成活。但是居民几乎家家养花育草。户外天寒地冻，大雪飘飘，室内却是鲜花盛开，春意融融。

在雷克雅未克的郊区，建有温泉暖房，作为首都新鲜瓜果、蔬菜的供应基地。这里，不仅常年生长着黄瓜、西红柿等瓜果蔬菜，连热带、亚热带的香蕉、葡萄、柑橘等也在此安家落户。暖房里还栽培着 400 多种花卉，满足市民们购买鲜花美化居室和馈赠亲友的多种需求。

午夜高尔夫

冰岛拥有 50 多座天然高尔夫球场，我的好友宋宇杰先生是打高尔夫球的高手，来之前曾与我说过冰岛有午夜高尔夫，并且告诉我 2006 年夏季，这里举办过午夜高尔夫——冰岛公开赛。

因为这里所处的纬度，夏季的夜晚如白昼一般明亮，高尔夫爱好者们在这里可以尽情地打，而不用担心夜晚的到来，影响兴致。所以欧美很多地方的高尔夫爱好者们特别喜欢在夏季来冰岛，享受这里独特的"午夜高尔夫"。

我们今天不在这里夜宿，不能亲眼领略冰岛的"午夜高尔夫"，但还好，正想着这一幕的时候，路边一大草坪上，几位人士在草坪内打得正欢。午夜的高尔夫没有观赏到，但领略了午时的也算不错！

黄金瀑布

吃过午饭我们去看著名的黄金瀑布，这里之所以称之为黄金瀑布，是因为每当太阳照耀的时候，给这里"飞流直下三千尺"的瀑布仿若镀上了一层金黄色。今天没有太阳，没有看到瀑布被染成金黄色，但倾泻而下的瀑布溅出的水花弥漫在天际，与远处白云散开一隅的蓝天形成的水天相接的清澈画面，亦是叫人流连忘返。

地表断裂带

以前从未听说地表还有断裂带。

在冰岛，地球上两个大陆板块的断裂带，如此真切地呈现在我们面前，那就是冰岛新格威利自然保护区——美洲大陆和亚欧大陆断裂峡谷。

经过一座小木桥，再上一段长长的木梯，终于亲眼见着那地表断裂带了。欧亚大陆和美洲大陆被活生生地断裂开，形成一条宽约20余米的小路，这是进入断裂带的入口。断裂带形成宽约数千米，长无数千米的低洼地带，火山熔岩形成的褶皱四处可见；里面有湖泊，湖泊清澈见底；草地、苔藓、红花，遍地皆是；远处尖顶小屋，精致鲜艳。

翻开手里的资料，距今2500万年的地表断裂带，现在仍然以每年2厘米的速度在裂开！

> **小贴士**
>
> **三脚架** 记得，无论多麻烦，一定要为相机或者摄像机带上三脚架，我这次没有带，真是犯了不可饶恕的错误！

第52天（7月4日）

日出	日落	纬度	经度	水深	船速	气温	水温	风速	气压
3：33	23：58	62.47	28.36W	1420	15	17	12	20~25	1005

享受冰吧

想想昨天，老天真算给足了面子，下午刚刚回到大巴上，又下起了大雨，而当我们停车时，雨也停了。所以昨天一直处于上车下雨，下车停雨之中！

周先生一直有个愿望，就是到了冰岛一定要去看看冰吧。我也曾听说过，但周先生想去冰吧的愿望比谁都强烈。所以，中途我们一行就下车到市区去寻找周先生期待的冰吧。

蛮有意思的是，老周夫妇每到一个地方，总会提前有很多期望，看看我们到下一站格陵兰，他们又会有什么特别的期待吧！

功夫还真不负有心人，我们费尽周折终于在市区内找到了那家冰吧，这也是冰岛唯一的一家。

这家冰吧实际上是一家餐馆另外特别开出来的一间，有点像我们国内餐厅或者茶座的雅间，大约 20 平方米。我们先在餐厅那边坐下，通过服务员了解一些冰吧的情况，然后才在服务小姐的引领下进入冰吧，原本穿着羽绒服的我们，还需穿上一种为进入冰吧特别准备的大棉袍，才进入到冰吧里。

一个寒颤打来，顾名思义，冰吧，到处都是冰：冰桌子、冰沙发、冰吧台、冰柜子，一切都由冰制成；且慢，还有冰水——满脸笑容的、热情的服务小姐送来的一杯冰冰凉凉的冰水，接到手上——手冰了；喝到嘴里——嘴冰了；再下去—— 透彻理解"心都凉了半截"是什么滋味了……

下次你来冰岛，一定要来冰吧坐坐，多穿一点，慢慢喝完那杯冰水再离开。

小贴士

在冰岛用克朗，但是欧元、美元皆可使用，如果你也像我这样对 money 没有太多概念，带上欧元、美元足矣。不过，别带大面值钞，多换些小钞会更方便。VISA 和万事达银行卡也可以在冰岛使用，自动取款机在冰岛随处可见。

"午夜太阳国"

North America

北美洲篇

2008年7月5日—2008年9月4日

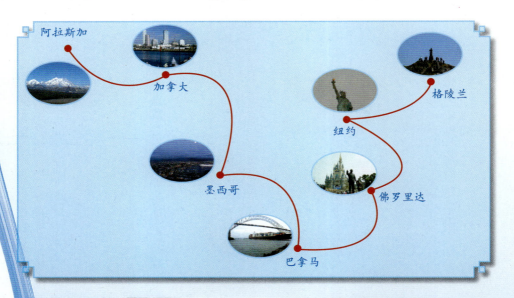

阿拉斯加

加拿大

格陵兰

纽约

墨西哥

佛罗里达

巴拿马

世界之最：
北美洲多岛屿、峡湾，岛屿总面
积居各洲之首
格陵兰岛为世界最大的岛屿
北美，湖泊总面积居各洲之首
北极熊的家园
加勒比海是世界上最大的内海
加勒比海也是沿岸国家最多的大海
加拿大国家塔，是世界上最高的电视塔

游览指数：

格陵兰	★★★★★
纽约	★★★★
佛罗里达	★★★
巴拿马	★★★
危地马拉	★★★★★
墨西哥	★★★
加拿大	★★★
阿拉斯加	★★★★★

北美洲位于西半球北部。东濒大西洋，西临太平洋，北濒北冰洋，南以巴拿马运河为界与南美洲相分。北美洲有 37 个国家和地区，习惯上分为东部、中部、西部、阿拉斯加、加拿大北极群岛、格陵兰岛、墨西哥、中美洲和西印度群岛 9 个地区。此次我们将游历北美洲的格陵兰、纽约、佛罗里达、巴拿马、危地马拉、墨西哥、加拿大、阿拉斯加等国家和地区。

北美洲多岛屿、峡湾，岛屿总面积居各洲之首，其中，格陵兰岛为世界最大的岛屿。

北美西部既是太平洋沿岸火山带的一部分，又是世界上地震频繁且多强烈地震的地带。北美河流、湖泊众多，湖泊总面积居各洲之首。

北美洲通用的语言是英语和西班牙语，也有法语、荷兰语、印第安语等，居民多信奉基督教和天主教。

北美洲最早的居民为印第安人，他们曾创造了光辉灿烂的玛雅文化和阿兹特克文化。

🌏 第53天（7月5日）

日出	日落	纬度	经度	水深	船速	气温	水温	风速	气压
3：52	23：21	59.58	40.15W	1990	13.2	13	10	10~15	1012

冰山一角

如果当年"泰坦尼克"号邮轮不撞到冰山，那桩惨案就不会发生；问题是在夜雾中它措手不及地撞到了冰山，导致了那桩无可挽回的世纪惨案。

今天我们的"和平号"邮轮一直在蒙蒙大雾中行驶，外面能见度已经非常低了；风大、浪也大，整个晚上船摇晃得门直"滋滋"响，几分钟船就"呜——"鸣笛一次，以引起旁边来往船只的注意，夜半的这种"呜——"声总是让人感觉恐怖。

早晨瑜伽课后有朋友告诉我，昨晚冻醒好几回，已近北极了，不冷是假的。好在我的房间两张床，两床毛毯我尽可以一个人享用，况且管理我房间的好心的服务员Francisco总是那么好，昨天白天提前给我更换了两床加厚毛毯，所以我一点也不冷！

刚刚跑到新闻处查看地图及今天的航行线，现在室外温度6度，水温只有2.9度。这里是大西洋啊！

早上8点在My fair lady的瑜伽课程中，只听广播里在告诉大家船左侧有一座大的冰山出现，大家可以出去观看。当时我们都在上课，当那座庞大的冰山透过My fair lady的大窗出现在我们的视线中时，好想出去拍照啊！

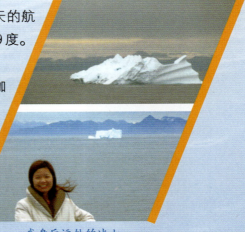

我身后远处的冰山

等到课程结束已是 9 点，那座大冰山早已舍我们而去，只留了一些小冰山给我们观赏了。

大副、二副正站在瞭望台，手里拿着高倍望远镜观望，我笑着走过去，借用他们的专业望远镜看那些冰山，不看不知道，一看才真正吓一大跳。

那些冰山一座座向我们袭来，有些像海螺；有些像贝壳；还有的像靴子……用这种高倍望远镜看你就知道那些冰山有多么恐怖了！

冰山在北极已经存在了 270 万年，虽然"低温导致冰山堆积"的理由显而易见，但是平均温度的下降不足以解释为什么会有那么多的冰山堆积，并且一直保存到今天。

现在，甲板上真是寒风彻骨、寒冷至极，不过，总有不怕冻的，一位女士每每在这种奇景出现时总会跑出来坐在椅子上对着远景画水彩画；还一位女士对着远处的冰山拉着小提琴；当然更多的是在甲板上观奇景、赏奇观的人们！

远处依然不断有小冰山出现，海水稠密得波浪极小。我从前没有看过冰山，现在冰山离我依然很远，不可能近啊！近了，不就有危险了吗？

第54天（7月6日）

日出	日落	纬度	经度	水深	船速	气温	水温	风速	气压
3：52	23：21	61.38	50.07W	200	15.5	6	2.9	4~6	1014

冰原

除了坚固的冰山，还有不时出现在山与水相连处的几十里长的冰原，冰原高出水面数米，万一有船开了过去——后果真是不堪设想！

我们生活的北半球正在经历地球上一个最温暖的时期，调节北半球气候的北极冰原正以加速度飞快地衰退。全球气候变暖，大量冰雪融化，不但对北极地区的气候、环境产生影响，而且也越来越多地影响到北半球。据介绍，

北极是全球变化最敏感的地区之一。研究表明，最近 30 年来，北冰洋、欧亚大陆和北美大陆北部地区温度升高的速度和幅度是过去 400 年中最明显的。从 20 世纪 50 年代至今，北冰洋夏季海冰的范围减少了 10% ～ 15%，海冰的厚度减少了 1.3 米；这种变化又反过来影响全球气候变化。

　　风越来越小，浪也越来越低，无风不起浪嘛！有意思得很，这大西洋的水怎么那么像约旦死海的水呢：稠稠的，像米汤；浓浓的，似牛奶。我现在坐在屋里写这段文字，北京时间（电脑上显示的为北京时间）是 0 点，我们此时是 14 点。北京过夏天，我们在冰天雪海的寒冬……

格陵兰 Greenland

　　格陵兰（丹）位于北美洲东北部,介于北冰洋和大西洋之间。面积 217.56 万平方千米,是世界第一大岛。全岛约 4/5 的地区在北极圈内。人口 5.6 万,大多数是格林兰人。居民多信奉基督教。格陵兰语为官方语言,通用丹麦语。全境划分为 3 个地区。终年严寒,年均气温在 0 度以下。

　　著名的动物有麝牛、驯鹿、北极熊、海豹等。海鸟和鱼类也很多。经济以捕鱼、狩猎和采矿为主。

　　格陵兰岛大部分为巨厚冰层所覆盖,这里生活着一个世界上奇特的民族－爱斯基摩人。格陵兰游览胜地有：安马沙立克、第斯科湾,以及壮观的乌曼那克湾和美丽的山村等。

　　首府努克（戈特霍布）是该岛最大的城市。曾是丹麦人从事殖民活动的地方,现仍保留有殖民时代的遗址。

　　导读：没见过有人这样锻炼孩子！没有见过这么大的邮筒！没有经历过这么白的夜！却原来,这里已近极地……

第十四站　　格陵兰

 第55天（7月7日）

向往北极圈

　　"Jean：起床啦！6点就靠格陵兰岛，快去拍日出，现在外面已经很漂亮啦！"

　　凌晨3点多，我被奥多瓦尔多的电话铃声吵醒，揉揉眼睛，看看窗外——啊，一抹红霞，将天空染红了一大片。

　　顾不上冷，穿着睡衣，披上棉袍就往外跑，这样的美景还不拍下，更待何时？风"嗖嗖"直响，短短几分钟，好像鼻孔处结冰了！

　　不是我一个人在船头哟，还有一大帮摄影爱好者。

格陵兰 - 一片红霞

每当船快靠港时，就有当地的一艘快艇来接洽我们，引领我们进港；夜晚，又引领我们出港。当晨风将一艘快艇送过来时，远远看去，我还以为是鲸鱼呢，激动不已，近了才发现是视觉误差。

　　这样美丽的格陵兰晨景，无论多么寒冷，真是不枉来这里走一遭！

　　今天我们踏上这块地球最北端最大的岛屿，早上气温还很低，半上午时太阳笑眯眯地出来了。气温并未升高，但天气已不是想象中的那样寒冷了。

　　格陵兰介于北冰洋和大西洋之间，是世界第一大岛。全岛约4/5的地区在北极圈内。我们一行人一直想进入北极圈，而这里离北极圈仅仅260千米，多么近的距离啊——可是，我们现在只能"望洋兴叹"啊！

　　来到格陵兰，没有进入北极圈，算是人生一大遗憾。转念一想，这也正成为我们下一次找机会再来格陵兰的最充分的理由了！

　　格陵兰岛大部分为巨厚冰层所覆盖，我们望得见的山顶都是厚厚的冰雪，当太阳照过来的时候，那白色便变成一大片红，红得是那样耀眼！今天同行的朋友都去观鲸，在这样美丽的港口，在这地球最北端，无论多冷，以我的职业习惯，我都不想错过拍摄瑜伽片的绝好机会。

极地练瑜伽

　　格陵兰岛生活着一个世界上奇特的民族——爱斯基摩人。今天同行的朋友有的说有幸看到了，说他们有可能就是我们蒙古人的后代，我由于拍片，既没有看到鲸鱼，也没有看到爱斯基摩人，就不敢妄自断言了。待回国后认真查找一下资料，证实一下。因为无论什么人种，都想寻根问祖。

世界上最大的邮筒

　　我们到达的是首府努克（戈特霍布），算是格陵兰岛最大的城市。坐在出租车上，司机热情介绍着，但几分钟的路程还没有听够呢，一下就到目的地了。司机告诉我们，努克就这么大，只能在附近转一转了。

　　格陵兰的世界之最除了最北端、最寒冷，还有世界上最大的邮筒。看见

这只红色邮筒了吧，看见里面装了一大堆信件吧？那都是来到这最北端的游客给自己、给家人、给朋友写的圣诞卡。你看，现在我们邮轮上的好多客人都在那里写呢！

世界上最大的邮筒

无数的圣诞卡，将会在当年的圣诞节前统一发往世界各地，你有没有收到过朋友这样的贺卡？

"这里的房子怎么都那么小呀？屋顶都是尖尖的？"

"这里终年积雪，平均气温0度以下，房子太大不暖和，屋顶尖尖的，是让雪水很快流下来，不能堆积呀！"

朋友在讨论这里的房子。

格陵兰的房子简直可以称之为艺术品！那一幢幢彩色的艺术建筑里都镶嵌着漂亮的小花园，很多小花园里都带有童话般的玻璃阳光屋。我分明就看见这个红房子前面的阳光屋里，一个男子在里面享受着阳光看书呢！

小小的港口，停泊着很多游艇，还有好多皮划艇。看看，几艘游艇畅游在海上，给海面画出了多么漂亮的弧线！

大风浪中见成长

"宝宝，多穿些衣服出门啊！"冬天孩子要出门，你会不会这样嘱咐孩子？

"不冷的，够啦！"孩子会嫌你有些啰嗦，穿上一点点衣服便出门了。

你在家担心他冻着呀！心疼他会冷着啊！对吧？

……

不过多久，他会玩得满头大汗地跑回家来！

以实际行动告诉你，他——不冷！

这是很普通的中国式家庭里的一幕。

今天，在地球的最北端——格陵兰，我看到了在寒冷的冬天，这样的一群小可爱。

这是一群5、6岁的幼儿园的孩子，我在拍着瑜伽片的时候，他们由三位老师领着来到海边。开始我想他们应该就是在海边随意玩玩、晒晒太阳，一会儿就会离开，我就全神贯注地只管拍我自己的片子。

结果等我一个小时片子拍完，他们还没有走："他们在干什么呢？"

啊，在水里面玩呢！

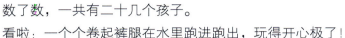
喂，你捡到什么啦

数了数，一共有二十几个孩子。

看啦：一个个卷起裤腿在水里跑进跑出，玩得开心极了！

格陵兰年平均气温0度，难得有太阳的照耀，老天知道我们这些东方客人的到来，今天特地以暖阳相迎接。所以，真正的格陵兰的冷我们今天并未曾体会。

今天浪不高，风不大，偶尔一个浪打来，孩子们大笑着往回跑，没有浪的时候他们就在水里抓沙子，抓水草，鞋子、袜子都扔在岸上晒着。

陪着孩子们一起玩，我将手伸进水里，这是大西洋的水，那水除了用"冰冷刺骨"这个词一点也不为过外，还要加上几个"＋＋＋……"才更确切！

老师坐在岸边，关切地注视着每一个孩子，只有当孩子在水里跑得太远了，老师喊一声他们的名字，他们就会快快跑回来。我陪在孩子们身边约有一个小时，看着玩得那么起劲的孩子，心里想着：冬天我们会舍得让自己的孩子这样在冰雪世界里泡吗？

老师边给孩子拍打脚上的沙子，边叫孩子们到高一点的一块大礁石上去，孩子们爬到巨大的礁石上，一个个打开带来的小盒子——哦，原来是午餐的时间到了，大家该吃午餐啦！

脚上沾满细砂，裤腿卷得高高的，迎着难得的太阳,吃着香喷喷的午餐……我也融入孩子们的美妙世界了……

温室里的花朵经不起大风大浪，这样锻炼出来的孩子，还有什么能让他们觉得畏惧呢！

第56天（7月8日）

日出	日落	纬度	经度	水深	船速	气温	水温	风速	气压
3：55	22：20	60.13	52.57W	3300	14.3	7	8.5	40~45	998

无限风光在凌晨

早晨3点朦朦醒来，透过窗子一看，红光一片，好美啊！与昨天早上的那种红又完全不一样，是不是应该出去拍照啊？

将手摸到窗子上："哎呀！太凉啦！"，外面一定冷极了。起床的意识刚刚窜出头来，马上又被睡意挡了回去："算了，就透过窗子拍一张吧"！

整个航行过程中，但凡拍到好的片子总会想起我的国内一位好友杨再春先生。

杨先生世界各地到处行走，经常是在凌晨起来拍片。有一次，我在赏他拍摄的一棵巨大的树根照片，我问杨先生是怎么拍摄这样的照片的，杨先生轻松地说，睡到地上拍的。我当时就心想，睡到地上拍片，这是怎样的一种精神啊，实在太敬业了，我现在终于知道那些精美大片背后的不易了！

不几秒自己又迷迷糊糊睡着了，再次醒来已近5点。再看窗外，刚才红光一片的美景已全无，什么叫"过了这个村，没有那个店"啊，透透彻彻地理解了！太阳已经升起来了，3点时，是太阳欲冲破云层的时刻，那时的景色是最美的时候！

倘若再不出去，那就太委屈了自己的相机，更确切地说是对不住这送过来的晨景！

披上棉衣迎风出去吧！就算不上顶层甲板，到七楼走道也好。因为顶层甲板上连任何遮挡物都没有，七层还只是一面受风呢！

来到七层，推门——推不开！心想："锁住了？！"

"不会呀？从来不会锁门呀？"一边用力推门一边自言自语。

既然不会锁，那再用力推！使尽全身力气用力往外推——"嗖"的一声，一阵狂风猛烈地送进来,让人猝不及防。人还哪里出得去?门又被重重关上了!憋足了力气再使劲,更大的风送了进来;我也趁此逆风而上,将自己从门缝中,像挤牙膏一样硬挤了出去。

"太冷了!"身上打了个寒战。

出得门来更加体会到,今天的风确实够猛,简直可以用"恐怖"二字来形容!这么冷的天,却是依然有人清晨散步,本来还有些害怕,晨练者给我壮胆了!

凌晨3点时的天是红光一片,而此刻5点却是金光闪耀了!

站着不动实在有一种要被狂风吹倒的感觉。沿着走道顺着狂风往船尾跑去。跑起来也冷——因为风实在是太刺骨,赶紧进了船尾180度环形玻璃的展望台。这么早,依然有几位早起的人坐在这里观海景!

我不太喜欢这个船尾观景台,因为我总喜欢前进的方向。平常坐火车,也不喜欢坐反向的座位,或睡反向的卧铺,在船上更是如此。我喜欢在船头吹海风,喜欢跑到驾驶室观正前方,就是喜欢迎风的感觉。后面展望台视线辽阔,既安静还冬暖夏凉,每天会有许多年龄稍大一些的乘客坐在这里观景。于我而言,既然不太喜欢,那就不久留了!

风越来越大,感觉越来越冷,突然,胃里一阵翻江倒海!"完了,肯定快吐了!快下楼回房吧!"

各层隔几步就在扶手处放置一个厚厚的纸袋,原来不知道干什么用,现在,心里一涌,感觉要吐,才确定这纸袋是方便乘客随时呕吐准备的了!

总算平安回到房间,爬到床上,透过窗子向外望,太阳又躲进云层了,只听见船与海水之间巨大的拍击声,煞是可怕!"惊涛骇浪"原来是这样恐怖的场景!

从早上直到现在,浪一直很高,冲出几米高,船晃得"哐当"直响,许多人不适,呕吐,我也最终难以抵挡。看着窗外一阵阵高高的浪花,心里也似浪花翻腾般越来越不舒服了,终于"随波逐流"!Francisco进来打扫我的房间,帮我取两片晕船药吃了,躺了下来,还是觉得天旋地转!

我有气无力地对Francisco:"Frans,帮我拍拍外面的浪吧,那么大的浪,一定帮我拍下来,我起不来了。"Francisco拿着我的相机帮我拍摄窗外高高

的浪，拍摄那浪花拍击我窗子的强烈震撼。

我又一次吐了，Francisco 转过身来，诡秘地笑："Jean，给你拍几张，看着你每天那么活蹦乱跳，也有这么狗熊一样的时候啊！"

Francisco 此时像个大孩子似的对着我拍来拍去，我吐得眼泪鼻涕一把流，悲惨地告饶："Frans，不要拍，不要欺负我，你是大海上久经考验了，我这是第一次远航啊。如果今天你这样幸灾乐祸，哪一天，你也会遭老天欺负的！"我恍恍惚惚中还恐吓平常那么老实，此时拿我开心的 Francisco。

不过，不久后的一件事情，老天确实开心地还击了他，呵呵！

原来，今天的风速 40～45 米/秒，这是航行以来晃得最厉害的，时间也是最长的。也是我这"铜墙铁壁"唯一呕吐的一次！

从山上观景，你确信"无限风光在险峰"；

在海上观景，你要知道"无限风光在凌晨"！

惊涛骇浪

第 57 天（7 月 9 日）

日出	日落	纬度	经度	水深	船速	气温	水温	风速	气压
5：31	21：24	58.54	56.08W	148	16.8	14	9	8~12	1000

不能说的秘密

他们告诉我一个天大的秘密，叫我不要说。

"嘘——"保密！不说！

142

第58天（7月10日）

日出	日落	纬度	经度	水深	船速	气温	水温	风速	气压
4：36	20：18	48.56	59.57W	172	16.8	14	13	20~30	998

天有不测风云

今天是从格陵兰出发峰回又路转后向美国南行的第三天，从努克到纽约共需航行5天时间，邮轮依然行驶在茫茫大西洋中，几天了，沿途没有遇见过任何其他船只，可不可以说是"高处不胜寒"啊！

自前天晚上开始，也就是从最北端往南行的第一天开始，黑夜再次回到我们正常的生活中。那种"不知天上宫阙，今夕是何年"的没有夜的生活前后持续了7天。现在时间隔几天往回拨一小时，与北京时间相差只有13个小时了。

狂风怒浪将我们折腾坏了，许多人身体不适，我也第一次有幸亲身感受了！还有更多的人是怕船出危险，我反正什么都不怕，何况与几位驾驶员、工作人员都熟了，他们告诉我一点也不用担心，他们什么大风大浪都见过，这点小风浪算得了什么！在海上这是正常不过的事。

挺有意思，前天那么高的浪花，那么可怕的一个场景，到现在却是如此风平浪静，一大早，给我们送来了如此清新的海风，湛蓝的天空，送来了一个蔚蓝色的大西洋！

感恩啊！大自然！

整个上午我的心情真的可以用"心花怒放"四个字来形容，一个人在船上蹦跳着到处转悠，这个美丽的上午还经过了一座美丽的贝壳般的冰山呢！远远的我兴奋地以为那是一艘邮轮向我们驶来时，站在我身旁的工作人员告诉我：是冰山，不是邮轮！我就盯着远处瞧，近了，近了——确实是冰山，贝壳似的一座冰山！

没有危险时，冰山是海上的一大奇景；但一旦任何船只想要亲吻它，它

美丽的贝壳冰山　　　　　　　　　心情如阳光

就成为毫不留情的杀手！

　　你理解的"天有不测风云"是什么样？你简直无法想象，上午那万里无云的晴朗天空，待游人吃过午饭，睡过午觉后，地平线已开始变得模糊不清，被一层淡淡的雾遮住了。心想：一会儿就会散的！

　　一个小时以后，再看看窗外，啊，雾不但没有散开，反而更浓了；怎么回事？如此大的雾，从来没有见过，眼前的一切比一小时前更加模糊了！

　　已近21点，雾变得越来越大——看样子今天这雾是散不了了！

　　看看时间，21点，还是出门了。走上七层甲板，白天的高温到晚上依然恢复到寒冷，眼前什么也见不着。没有海，没有天，连近在咫尺的浪花，都显得是那样含糊不清——汪洋中，只有我们这条船，每隔两分钟求偶似的鸣笛的这只孤独的船！

　　我在船头大雾中站了约十来分钟，平常总有人散步经过的船头，这十分钟内竟没有一个人经过。我紧缩着身子，在天渐黑的大雾中感受自己的内心：那每隔两分钟发出一次鸣号的邮轮此时显得孤独而苍白，如深山中的狼发出凄惨的哀嚎！我又想起驾驶员们告诉我的那个不能说的秘密，身子一阵阵发紧，第一次感觉到从未有过的恐怖，我用大衣裹紧自己的身子慌忙往舱内逃窜。

　　灯火通明的船舱让我即刻回到无忧的现实中。慢慢让发抖的身子安静下来，慢慢让急跳的心平稳下来，带着那个天机不可泄露的秘密幽幽走回房间。

　　0点，我没有睡着，窗外雾更大，天更黑，我在想：这样的大雾天，Romeo他们是怎样掌握方向的，船上六名驾驶员，每次两位上班，四小时轮换一次班。Romeo和奥多瓦尔多总是晚上8点到12点上班，正想着，电话铃响了："Jean，今天是不是害怕了？"是刚刚下班的Romeo和奥多瓦尔多给我挂来电话。

"开始我跑到船头，外面一片漆黑，很害怕；现在回到舱内，就什么也不害怕了！"我如实地告诉他们。

"这种天气，你们怎么判断方向啊？"我将心里的疑问提出来。

"当然还是电脑啊！不过今天眼睛好累啊，前方看不见，又得盯着看。很怕遇上其他船只。"奥多瓦尔多打着哈欠显得十分疲惫的告诉我。

"所以不断鸣号？"我又问。

"是的。每当这种天气，邮轮就会两三分钟鸣号一次，以引起附近船只的注意！"仿佛不放心，奥多瓦尔多对着听筒对我补充道："Jean，不要害怕啊，有我们呢，放心吧！安安心心睡觉吧！"

"嗯，没有害怕呢！现在更不怕啦！晚安！"

"晚安！"

挂掉电话，突然睡不着了，开着灯看了很久的《围城》。

想想一天中的天气变化，有时阳光灿烂得让你睁不开眼；有时风暴来了，却让你躲闪不及。漫漫人生不也如此吗？人生要经历多少风雨啊！它不会永远阳光灿烂，也不会永远都是风暴，但你都将经历。

经历了风雨的人生才会更丰富！经历了风雨的人生才叫出彩！远航也是一样，如果整个航程都是风平浪静、欢声笑语，那还叫旅行？实质上，远行就是人生途中的一次探险！

第59天（7月11日）

日出	日落	纬度	经度	水深	船速	气温	水温	风速	气压
5：17	20：50	44	62.16W	128	16.8	14	16.3	7~10	1006

关于发表会

船上的任何一项活动，最后都有一个展示会，比如打乒乓球啊、摄影啊，最后都要展示；学习最后也会有个小考试，例如英语学习班，西班牙语学习班，

最后都要准备考试，和平之船上还要发给证书呢；我们的瑜伽课程也是如此，最后要汇报演出。他们叫发表会。

昨晚睡得早，今晚的民族舞蹈《阿里山的姑娘》要开始第一次学习了。

在靠近北极那几个没有夜的晚上，弄得我也开始关上窗帘睡觉了，昨夜亦如此。凌晨1点醒来，启开一点点窗帘向外望去——满天的星斗，好漂亮！但现在邮轮依然行进在大西洋，晚上气温仍然很低，偷着懒不起来，找着借口没有外出拍片。

昨日的晚霞甚是艳丽，饭后围着船旋绕一圈，经白天灿烂的阳光后，夕阳真是无限好！当夕阳快要落水时，云层变成了一片浓黑，只一线红的晚霞嵌在黑云和海面之间。

说也那么巧，几天了没有一只船通过的海面，现在竟有一只渔船驶过来，从这一线夕阳里缓缓而过，像动画片里一样移动……

船过了，夕阳这才慢慢落了下去……

现在时间是早上7点，好天气已经送过来，阳光撒满海面，今晨的海面似牛奶中渗了蜜，浓得化不开，使你想用手蘸了来舔一舔……

我住五层，窗子是固定的，打不开，直接对着海面；每观窗外，水面似伸手即可触及，其实还很远，因为下面还有四层、三层、二层、一层呢！

第 60 天（7 月 12 日）

日出	日落	纬度	经度	水深	船速	气温	水温	风速	气压
5：01	20：15	40.34	69.49W	34	12.0	26	12	20~30	1014

Have a nice day

明天上午就要抵达美国了，服务员 Francisco 显得格外兴奋，只要来到我房间，就会开心地："Oh, New York！Oh, New York！" Francisco 来自中美洲的尼加拉瓜。

我问他："怎么那么喜欢美国？"

"当然！越南、阿曼、土耳其……我们都不喜欢，只喜欢纽约！"说着又睁大眼睛，竖着大拇指对着我："New York！没有理由的不喜欢！"

我不语。一路走过来，大家都喜欢相互问喜欢那个国家，说真的，我都喜欢。他们说我没有重点，没有立场。

是的，或许他们是对的。但是，我却是真的都喜欢呀！每个国家都好，都各有其特点！

雪山似的浪花

越南——纯朴的民风，让你的思想静得不带任何杂念；

阿曼——白与绿之间让你流连，让你静心过滤；

土耳其——美丽的晚霞让你感觉如梦似幻，街道纯净得一尘不染；

冰岛——意想中的冷，给你不一样的神往；

……

你能说哪个国家不喜欢？

一路走过来，还将继续走下去，我想在这样的一次环球旅行中，在海洋中航行，到达一块块陆地，走访一个个国家，于是将世界完整地组合在自己的心中。这样平日那些支离破碎的印象，就像儿童拼贴画一样，一块一块组合起来，远远看去，变得既美丽又完整！

不时想起二副奥多瓦尔多常说的那句话："地球真是太小了！"

趴在窗口，看着窗外，海面依然很静，船航行得也不太快，稳稳的。告诉自己："have a nice day，度过快乐的一天！"这也是在船上大家每天碰面的日常问候语！

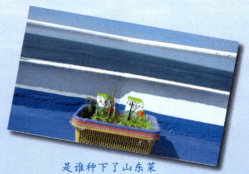

船与水之间划出的浪花像雪山一样漂亮，不知谁在甲板上种上了山东菜……

啊！真是漂亮的一天，好好享受这一切——have a nice day！

是谁种下了山东菜

美国 U.S.A

美国位于北美洲南部，东临大西洋，西濒太平洋，总面积 937.26 万平方千米，人口约 2.88 亿。美国有"民族熔炉"之美誉，因为这里几乎容纳了全世界各民族的人，有 80% 是白人，其余有黑人、拉美移民、印第安人、华人等。居民主要信奉基督教、天主教、犹太教等。

英语为官方语言。

美国原是印第安人的居住地，1492 年哥伦布发现了这块草肥水美、树茂林密的大陆后，欧洲各国殖民者纷纷而至，开启了这块大陆拓荒历史之门。

17—18世纪英国已在这里建立了13个殖民地。1775年之民的人民发动了独立战争，1776年宣布成立美利坚合众国。后经过两次世界大战，美国成为了一个工业、农业、交通和科学技术高度发达的世界超级大国。

主要节日有感恩节、万圣节、情人节、复活节、母亲节、父亲节和圣诞节等。

纽约：纽约是美国第一大城市和最大港口，是全国巨大的交通枢纽和工业、金融业中心。市中心有著名的金融中心华尔街、娱乐区百老汇和联合国总部。

虽然"9·11"让纽约承受了深重苦难，但这个集多民族和多元文化于一体的国际都市，依然时刻迸发着逼人光彩。邮轮沿哈德逊河逆流而上至曼哈顿入港，自由女神像也依旧在波涛中迎接着和平之船的到来。

导读：那天是你的生日，我们在地铁中偶遇，你领着我投币，你故意错过站，你将我送至唐人街……而今，你在哪里？你还好吗……

第十五站　美国

 ## 第61天（7月13日）

北京人在纽约

"千万里我追寻着你，可是你却并不在意……"

这是十几年前我特别喜爱的一部电视连续剧《北京人在纽约》的主题曲，喜欢这部片子，喜欢里面的女主角阿春。十几年后，我们乘着"和平号"环绕地球一周，纽约是途中的一个驿站。

火红的太阳从水面蹿出，晨光中，邮轮沿着哈德逊河逆流而上至曼哈顿徐徐入港，自由女神像离我们越来越近，她在迎接着我们这些从东方远道而来的客人。

在甲板上边享受着早点，边等待邮轮靠港，两边林立的大厦从邮轮边缓缓而过，人们纷纷登上甲板观览纽约的早晨。

来到纽约，我最想去的地方不是繁华的街道，也不是帝国大厦，我只是

想去寻找纽约的健身房或者瑜伽馆，看看这里的健身状况以及瑜伽，毕竟是自己做了十几年的老本行嘛！

来到一家 MID-CITY GYM 健身中心，接待我的前台 Scott 先生是一位资深健身教练。今天是周末，由于在挪威的经历，我还担心美国的健身中心今天不开门呢！没想到美国健身房天天大门敞开，Scott 热情地告诉我，他们是 24 小时营业，从不关门。

与 Scott 在纽约健身房

按照我们国内健身中心的规定，一般的健身房是不能随意拍照的。我远道而来，当然得有自己的办法。一进门，递给 Scott 一张我为此次航行特别制作的名片后，试探性地问他能否拍一些照片。看着我的特制名片，又知道我是环球旅游，Scott 热心地从前台走出来，引着我边参观边示意我尽情拍好了。

进入健身区，里面只有几个人在锻炼。既是周末，又是上午，和我们在国内情况一样，上午来健身房的人是不会多的。

与几位晨练的会员一一聊天、合影。Scott 又拿出健身房的资料给我翻阅，原来这里还是众多明星的健身场所，里昂纳多（影片《泰坦尼克号》的男主角）也在这里健身，就像我国内所在公司青鸟健身一样，张丰毅、章子怡等大腕也是在那儿健身的。

在 MID-CITY GYM 健身中心，没有集体操课，没有瑜伽，只是大量的器械、大量的跑步机，纯粹的器械训练。因为心里总想着要去寻找瑜伽馆，或者有瑜伽课程的健身房，所以我在这里没有久留……

 ## 第 62 天（7 月 14 日）

闲逛纽约街

其实，这种对于每个国家的游历只有一两天的时间，只能是走马观花。

真正想了解一个国家，想了解一个民族，每座城市至少得呆上十天半个月，甚至更长的时间，作深度游。

如平常我们看书一样，你要选定一本书，首先会看看书的封面吸不吸引人，接着是看书的目录，再会随意翻几页，看看故事简介，再读读后记，就能断定这本书是不是你需要的了。而行程中的我们对每个国家的游历真的只能是先看看封面，阅读目录，还未来得及看后记，更不用说阅读内容，就得依依不舍，对这个国家说"再会"了。当然，无形中，这次的走马观花，也为以后的深度游作了些铺垫。

昨天，谢过了热心的 Scott，离开 MID-CITY GYM 健身中心，一个人不急不慢地走上街道，融入人潮中，不久来到了繁华的时代广场。逛街从来不是我的嗜好，平常总喜欢一个人闷在屋子里，习惯了清静，这种情况让我有些无助。所以当路边一支乐队在热热闹闹地演奏

街头乐队

时，我只是走过去凑一凑后，不能投入。最后，竟想起朱自清的那句"热闹是他们的，于我，什么也没有"，还是走吧！

一辆双层巴士正好停在路边，花 39 美元买了张卡爬上去。这种随上随下的巴士让我可以轻松自由地在纽约街头观光一天，那就坐着大巴先观观街景吧！

都说纽约街上华人多，确实如此，无论在街头行走，还是在这巴士上，亲切的国语不时传到你耳畔，不时有华人与你擦肩而过。

逛街虽不是我的嗜好，咖啡却是我的最爱。虽然明明知道咖啡喝多了对健康不太有利，但我这么些年养成的习惯难以改变！经常有朋友劝我，你自己是做健康的，饮食上不要太随意，应该按照健康方式来要求自己。我说，其他的都没有问题，每天早上一杯咖啡伴着文字一路下来，已经成为我的早点了，就别要求我了吧！

路边一家漂亮的咖啡馆当然不能逃过我的视线，那么，下车喝杯咖啡，吃点点心，吃完中餐再上来也不错呀！

一个人在街边悠闲地坐下来，喝着咖啡，吃着糕点，一对年轻人走过来，

坐到了我的对面，微笑着打了招呼；他们点了和我一模一样的咖啡和点心，我们便相视笑了。

微笑无国界，微笑是最好的语言！相逢又何必曾相识，就这样点了同样的食物，让我们一下子觉得距离仿佛拉近了。

"请帮我以咖啡馆为背景照一张照片好吗？"我问对面的男士。

"当然可以！"

其实我有一个特点，能有人帮忙的时候，尽量找人帮忙，依赖性特强；没有人的时候，自己一个人又什么都能解决。

拍完照片，我们顺理成章地聊了起来。男士叫 Adam，纽约人；女孩叫 Isabel，是中学的音乐教师。Adam 去过中国的上海、南京、拉萨、成都等城市。我问："没有去过北京吗？"

Adam 有点遗憾地摇头。

我说我来自北京，欢迎你们去北京，Adam 笑着点头。

边吃着，边喝着，边聊着，Adam 在我的小本子上写了 "feng shui"，我琢磨半天，是英文呢？还是汉语拼音？哦，原来是"风水"的汉语拼音，Adam 和我笑起来，都不知道用英文如何表达这个词，于是只能这样写给我看。问我相不相信？我说相信，且是非常信。

接着 Adam 在我的小本子上又形象地画了一尊佛像，因为 Adam 去过中国的四川，他问我四川那个佛的肚子那么大是什么意思？我问他怎么知道这么多，并按照我理解的方式告诉他，他还挺满意我的回答。

聊天中，我真没有想到，Adam 是一位瑜伽习练者，练习 Astanga 瑜伽四年了。我问他是否去瑜伽馆和大家一起练习，他说只是偶尔，更多的时候喜欢一个人在家练习。

Isabel 不喜欢瑜伽，她皱着眉头表示瑜伽太难了，我看着 Isabel 笑了笑。因为我没有习惯劝任何人练习瑜伽，每个人都会有自己的运动方式和运动习惯，不只是限于瑜伽。

当我询问他们附近是否有瑜伽馆时，Isabel 友好地告诉了我附近一家瑜伽馆的地址。我照她所说的地址找去，结果找到了一家我意料之外的不一样的瑜伽馆。

🌏 第63天（7月15日）

中医理疗瑜伽馆

这家瑜伽馆由两位华裔女孩接待我，虽然她们都已基本上不会讲中文，但能在纽约的瑜伽馆里看到这样亲切的两张东方面孔，双方都特别开心。

纽约的中医理疗瑜伽馆

这家瑜伽馆，一共只有五位老师，穿花裙子的女孩是瑜伽馆的老板，名叫 Gloria，穿蓝裙子的女孩名叫 Serena，曾在中国学过中医，而这位男瑜伽老师本身就是一位医生，名叫 Michael。既喜爱中医又热爱瑜伽的他们，将同属于东方文化的中医与瑜伽有效地结合起来，给需要的人们调理身体。据他们说，这种中药和瑜伽配合在一起的中医理疗瑜伽在纽约挺有市场。

我们先进入一个瑜伽理疗室，桌上摆放着各种精油，还有由他们自己配备的中药。正聊得兴奋，来了两位男士，原来都是来这里做理疗瑜伽的。这种理疗基本上是一对一的形式，但也有好朋友两人结伴而来的，这两位男子基本上每次都是一起过来。

等这位男老师与两位男士讲课时，我和 Gloria 聊起来，这里男女会员基本上各占一半，这一点和我走过的很多国家都相似。在这里许多人身心有不适，都喜欢来这里，他们相信中国的中医疗法。医生和瑜伽师给他们配备一些中药，调理他们的身心，效果非常不错！

🌏 第64天（7月16日）

揭开那个不能说的秘密

从联合国总部参观回来，奥多瓦尔多恼怒地看着我说："Jean，你为什么

和平万岁

在联合国总部会议厅

在联合国总部商场选购礼物

联合国总部休息厅内小憩

总是希望船出问题，你看，现在船还真的出故障了！"

"真的吗？真的？出什么故障了？"我兴奋不已。

看到我那么兴奋，奥多瓦尔多更加气愤："你能不能说一些好话，保佑船平安的话！"

"我喜欢像泰坦尼克那样，要是船那样一断……"我做了个形象的手势……

说内心话，上船之前就做好了一切思想准备的我，骨子里一直巴不得船出现某些故障。多经历些危险，多书写一些危险，甚至亲临一次大的危险后，可以创作一个电影剧本。

但是谁也不知道我脑子里早就有这种不怀好意的怪念头！当然也不能让任何人知道！

"停停停！"奥多瓦尔多左手心向下，右手食指顶住左手手心："怎么也不会，只是下面漏水，况且已经修好了！"

我悻悻地："修好了，那就是没有危险了？"真是扫兴！

"以后不许再说这种船出问题的话！"奥多瓦尔多再次对着我瞪着他那本来就特别大的双眼。

"不要跟任何乘客说，这是秘密啊！"奥多瓦尔多又郑重补充道。

这一点我当然明白，不能引起恐慌嘛！

这是刚刚离开格陵兰时，二副奥多瓦尔多和我的一段对话。

第二天我碰到了大副罗密欧，我们有了下面的这段对话。

"罗密欧，我想去看一个地方？"

"什么地方？"罗密欧望着我。

"我想去船的最底层看看！"我往下方指着。

"去底层干什么？"罗密欧警觉地说。

"我看你们修补的地方！"我双手用食指、拇指圈了个大大的圆。

"嘘——"罗密欧将手指放在唇间，小心翼翼地左右瞧瞧："谁告诉你的？"

望着罗密欧，我浅笑，表示不能告诉他，我才不出卖朋友呢！

"方便的时候，我带你去下面看吧！"罗密欧笑了，"没事的，很正常的现象！"

"我倒是希望有事！"我自言自语。

"你说什么？"罗密欧显然没有听清。

"哦，没什么，没说什么。"我搪塞了过去。

"Hi, Jean. 不要跟任何乘客说，这可是秘密啊！"罗密欧对我补充道。

我皱着眉望了望罗密欧，表示这种事情，我哪能随便暴露，何况守住这种秘密显得有些特工感！

出发前，我就一直想，一百多天的航海旅行，一定要经历些什么才会有意思！现在碰上了，一个人坏坏地偷着乐！

当时，我在发回国内的博客中，一句也不敢提到这件事情，怕家人和好友为我担心。现在是完成这本《我绕了地球一圈》的书，已经安全回国了，也不用担心什么了，而且可以很坦然地告诉各位，出发前是什么准备都作好了的。

实际上上船没多久，在一次我与弗兰斯的聊天中，他就告诉过我他是一位高水准的潜水员。所以，在很久以前，邮轮接近阿曼时，那次引擎出故障，邮轮航行很慢，弗兰斯就告诉我，不要害怕，无论出什么情况，他第一个救的人就是我！现在弗兰斯还是这样说！

每次弗兰斯讲这些事情，我的脑海中就会浮现出泰坦尼克号断成两截后，

中间的那个大漩涡，所有人都顺着漩涡下去，不一会许多人又从水下冒出来。

那天弗兰斯与我聊这个秘密，是刚刚离开格陵兰，船还行驶在大西洋中。他告诉我，泰坦尼克沉没的地方隔这里不太远。大西洋的水是那样的刺骨，我的脑海中想象着弗兰斯拽着我从水底钻出来，然后救援的船只就在邮轮失事的附近等候我们……

弗兰斯同样叮嘱我不能与乘客说，还一再告诉我不要害怕！

一点也不怕那是自欺欺人！那个飓风之夜我一个人站在夜里黑暗的船头，我就很是害怕了一回的！但是如果航行一百多个日子，一路平坦，那还有什么意义！途中一定要有一些惊险，那才叫探险，才叫体验生命的精彩！

如果他们给我说的这个秘密的事情解决好了，晚上就可以顺顺利利按照原定路线离开纽约前往委内瑞拉了，可是那个天大的秘密却在纽约揭开了，暴露在光天化日之下了！

昨天晚上美国的诸多媒体、报纸的记者纷纷来到纽约码头，报道"和平号"邮轮底部漏水一事，邮轮被纽约港口扣留下来，说是只有等待在美国修好了才能继续前行。

因为前些时候我早就知道这件事情，所以根本没有在意，要扣就扣吧，那就在美国多呆几天呗——我向来是"随遇而安"的！

本来嘛！船出了问题，无论对于船方还是乘客都是一件不如意的事情，船方永远巴不得邮轮平平安安航行一周，大多数游客也是期盼船能平安航行，如我这种希望有些惊险的游客应该是屈指可数吧。

第 65 天（7 月 17 日）

纽约健身房

山姆领着我开始参观纽约的健身房，宽敞的接待大厅显出了健身房的气派，在寸土寸金的纽约，能有如此大的场所来做健身房，我想唯有这海边了。

这是伸向海里的一个长长的码头，下面一层是停车场，第二层整个一层是象船身一样的长形健身房。

一进门，左右两个教室，左边是静态操房，健身球操正在进行。右边一间屋子，几个孩子在里面玩耍。我问山姆这是儿童房吗？山姆告诉我，上午一些女会员喜欢带孩子来锻炼，但孩子必须有人看管，于是上午这里就成了儿童房，但 12 点以后依然是操房。

山姆带着我边走边讲解，一直往里走，这里都是我不太感兴趣的球类，但又不好意思拒绝山姆的热情。当然，他必须这样工作，这是他的职业道德。

走到了最后，一排耀眼的灯光照过来，原来这里还有这么一大片攀岩墙。就像我从第一层车库找到这里一样，觉得这个车库简直是超长，现在也是觉得我们走了很远。

曾在 2002 年时由朋友带着去攀过一次岩，由于极度恐高，攀了几步觉得头发晕，立即下来，从此看到攀岩墙就望而生畏，不敢涉猎。这里不仅墙上有人在攀，顶上也有人在攀。

这里不敢久留，于是山姆带着我继续向前，接着是 Spinning 教室；再接下来是球类区，有沙滩排球场、普通排球场、篮球场；篮球场旁边还有梯层看台和休闲区；最中间是洗浴区、蒸气桑拿房；再往右是器械区，刚才提到的两间操房、跑步机区、游泳池；外面是露台阳光休闲区，远眺即是自由女神像。

我们在阳光休闲区碰到了瑜伽老师 Joan。身着红色泳装的 Joan 健康、爽朗，我们一见如故。Joan 教授哈他瑜伽多年，是这里的资深教练，我观察 Joan 的年龄也同样资深。

正聊着，Joan 看看时间，告诉我要上课了。因为是上午，人不太多，能容纳 40 人的教室内只来了二十多人。Joan 的课虽然是哈他瑜伽，但是我感觉也是加进了很多自己的东西，节奏比较快。很遗憾的是上课不能随意拍照，不然我们可以看到纽约健身房的瑜伽实景了！

下课了，我与 Joan 继续聊起来。一些会员看着 Joan 与我这位"老外"

与瑜伽老师 Joan 在一起

聊得那么开心，也凑了过来。其实，通过与Joan和会员的聊天，感受最大的就是无论老师还是会员，是真正用心来感受瑜伽的，目的特别单纯。

眼前一片蓝天白云，向远处眺望，即是自由女神像，每天在这样的地方锻炼，这样的景色当然会觉得不足为奇。但于我这个外人而言，这肯定是难得的美景了！

告别了山姆和Joan出来，已是中午时分，找了一家餐馆，一个人慢悠悠地吃了。到了美国，总应该买些礼物送朋友吧，一个人又慢慢闲逛至第五大道，大包小包买了一堆，拎着东西往回赶，想着周先生的女儿今天会从旧金山赶到纽约，在中国城请大家吃饭，我答应了晚上一定赶过去的，那就得往中国城赶了。问了路边的人中国城怎么走，路人告诉我，可以乘地铁去。

火辣辣的太阳烤着路面，穿着鞋子，鞋子打得脚起了水泡；将鞋子拎在手上，脚底又被路面烤得痛。

还好，走了不多远，就进入地铁了。这里与北京的地铁完全不一样，排骨似的栅栏旋转门（原谅我，我着实不知如何表达）进去一位转一下，进去一位又转一下。我看到其他的乘客正在投币，但不知道自己该怎么投。正是不知所措时，一位可爱的胖胖的女士来到了我身边。我告诉这位女士我要去中国城，怎么投币？怎么走？

女士友好地望着我笑，要我跟着她。她帮我投了币，我紧跟着她进去了。下楼梯的时候，我们互道姓名，女士告诉我她叫Emma，我说我叫Jean。两人一边聊着，一会地铁便到了。

进得地铁来，刚坐下，Emma指着去中国城的站牌告诉我，我点头表示明白了。Emma指着中国城的前面一站告诉我，她在那一站下车。当地铁到达Emma要到的一站时，我提醒Emma，她到了。Emma看着我笑了，说送了我再返回来。我忙说不用，我都

赤足走在纽约街头

知道怎么走了。但是Emma不同意，说对于首次来纽约的我，她应该送我。正说着，中国城到了，Emma搂着我出来上楼梯，告诉我从这个口出去就是中国城。我感激地拥抱了Emma，告诉她很高兴能在地铁遇到她并得到她的帮助。

Emma 告诉我今天是她 48 岁生日，能在今天遇到一位环游地球的中国女士，她也觉得很幸运。而在我看来，能在异乡有人这样帮助自己，非常幸运。Emma 说她 17 岁的小儿子正在家等妈妈回家庆贺生日呢！于是，我催促 Emma 快些回家吧！生日快乐！

Emma 搂紧我，给我留下邮箱，说回国后多多联系，有机会再来纽约游玩。作为来自礼仪之邦的中国公民，我更是欢迎 Emma 到中国去参观了。

与 Emma 分别后，出得地铁来，我朝中国城走去，来到约定集合的唐人街假日酒店 409 房间。服务员告诉我，我错过了约定时间，他们已经离开酒店去享用中国大餐了。

好心的 Emma

一个人又独行在街头，唐人街的英文是 China Town，那么多同胞生活在这里，我一家家小店闲逛，拼着命地与一家家店老板聊天，想将后面行程所有的国语都在这里说尽仿佛才过瘾！

真是好运总是伴随我，我虽错过了约会时间，但好心的周太太将餐桌上好吃的食物打包带上船，让我并没有错过这顿中国美食！

🌏 第66天（7月18日）

日出	日落	纬度	经度	水深	船速	气温	水温	风速	气压
5：53	20：12	35.47	74.29W	1200	14	29	28.5	5~8	1011

沙滩椅上练瑜伽

我正在甲板上喝着咖啡，观海，放松……再放松……船上的英文老师 Zone 和 David 也端着咖啡朝我这边走来。

"Hi，Jean，这段时间一直讲课，许久没有和你一起练习瑜伽了，身体都

沙滩椅上练瑜伽

不舒服了。"Zone 耸耸肩，皱着眉表示身体确实有些不舒服了。

"我知道你早上 8 点和我一样同时有课，但我自己依然会 6 点多在甲板上练习呀！"我提醒 Zone，Zone 一直喜欢和我一起练瑜伽。

"早上风那么大，垫子都卷起来，不方便呀！"Zone 有些不解，端着咖啡，拿着蛋糕，坐到我身边的躺椅上。

"还好，我另有办法。"

"另有办法——"Zone 顿了顿，可爱地望着我笑，"什么办法？"

"你现在想不想练习？"我问。

"当然，随时都想和你一起练习。"Zone 好开心。

"不好意思，David。请帮我们拍些照片好吗？"我问一旁手端咖啡的 David。

David 高兴地接过我手中的相机。

"不要拍啦，明天拍吧。"Zone 指指自己身上的便装，意思明天穿瑜伽服才可以拍照。

"没关系嘛！今天阳光如此好。拍一拍？"我不饶她。

"每天都有好天气的！"Zone 笑着对我。"快教我吧，照片明天拍，现在我们一起做瑜伽。"

我带着 Zone 就在躺椅上做起了瑜伽……

"太好了，这样仍然可以在甲板上做瑜伽，好方便。既可以呼吸新鲜空气，也完成了该完成的动作，特别是不用担心垫子被风卷起来。"Zone 开心极了，指指自己的腹部："看看这里，练习瑜伽，它就下去了，不练习它就起来了。现在已经过了大西洋，也不冷了。早上我们依然到甲板上来练习吧，就练习这套躺椅上的瑜伽，不错！"

"好的，没有问题。"我答应着 Zone。

第 67 天（7 月 19 日）

日出	日落	纬度	经度	水深	船速	气温	水温	风速	气压
6：17	20：13	30.15	77.49W	942	16.3	29	29	18~22	1009

放飞的心

据说看到海豚是幸运的象征，那今天早上简直是太幸运了！一群群的海豚在我们面前跳跃，我拍摄了很长一段时间。据说海豚在海面跳跃，是因为不安稳，如果安稳，海豚是不会跃出水面的。不知有否科学依据，若真是这样，那我宁愿海豚静静地在水下游玩，而不要跳跃出海面了。后来，我不光看见海豚，还看见了鲸鱼呢！

早晨在船舷边压腿，平静的海面忽然出现一个庞大的黑东西，只露出脊背，那是鲸鱼。我当时只是惊喜地看着，等到从椅子上拿出相机，鲸鱼已经躲起来了。

今天早晨看到了海豚，到了上午，又看到很久没有见过的美景了！

蓝的海水，蓝得就像小时候灌入钢笔的深蓝墨水似的，海面与天空明显地被分隔开来。远远的几朵白云在前方迎接着我们，前方被太阳照得波光粼粼的海面上，一个白白的亮点时大时小地闪现着，会不会又是鲸鱼呢？

海面很静，浪也不高，只有船舷与海水温柔的拍击声，风亦是那样的轻柔，发丝在我裸露的臂膀上轻轻抚过，似情人温柔的指尖。

一位日本女孩经过我身边，我对她说："嗨，天气多好，能帮我拍一下照片吗？"

女孩将我的相机接过去，拍下一张。

"能再多拍几张吗？谢谢你！"我笑着对她说。

女孩子换着不同的角度继续为我拍着。

拍完了，谢过女孩，我眼望前方，刚才那几朵白云乘我们照相的一会儿工夫，像温室里发蘑菇一样，串成了一大片，绕在我们整个船头，与船一起构成一幅漂亮的画面。

旁边没有任何人走过，我一个人独享眼前这一切。蓝天、白云、大海、邮轮、自由的我的心……

第68天（7月20日）

日出	日落	纬度	经度	水深	船速	气温	水温	风速	气压
6：41	20：22	24.44	80.20W	150	14.5	29	30	7~10	1010

鹊桥相会

上午的飓风巨浪吹得人们脑袋都发麻了，下午竟是晴空万里。海水依然似昨日深蓝，真可谓蓝得透彻、蓝得纯粹，白云在头顶诉说着相思的故事……

一大片白云在天空飘浮，在两朵之间，架着一座云桥。不禁让我想起前几日一位同船的客人问我，中国的"七月七"是什么意思？我时常惊喜于外国人知道我们的习俗，虽然不了解，或者说他们不完全懂得，但就是知道，我也觉得似乎一下子拉近了我们之间的距离，显得很开心，就如此时。我告诉他这是一个美丽的牛郎织女"鹊桥相会"的爱情故事……

昨晚的中国民族舞蹈，我们跳《阿里山的姑娘》，这群资深姑娘听不懂歌词，你会不会想问，何谓资深姑娘，那我告诉你这个小故事吧，那是几年前，我和一位曾经做模特的好友一起在星巴克喝咖啡，我当时说："你们这些老模特……"当时话音还未落，就被我的好友更正："哎，什么老模特，资深模特！资深啊，不许说什么老模特，多难听啊！"哦！还真有些道理，我赶紧说，那你怎么称呼我这个年龄的女性呢："资深女孩啊，或者资深姑娘啊，也不要说什么老女孩，老姑娘，对吧！"于是乎，资深姑娘的说法就这样沿用下来了。

好了，不扯远了，我首先告诉与我跳舞的这些资深姑娘们，《阿里山的姑娘》是一首怎样的爱情歌曲，接着就以舞蹈的手势演示给大家，舞蹈本身就是以肢体语言表示歌曲寓意嘛！

放飞的心

"高山青"是表示山很高，所以我们举起手臂。

"涧水蓝"表示水很蓝，水在下，所以放下手臂。

"阿里山的姑娘美如水呀"，意思是姑娘如水一般灵动，所以手臂像水波一样柔美地摆动。

"阿里山的少年壮如山"，我就教大家举起手臂显示手臂结实的模样。

这样果然大家都"wakalimaxida（明白了），接着继续往下：

"姑娘和那少年永不分呀"，所谓不分开嘛，就是互相拥抱了，那就张开双臂拥抱自己吧。

"碧水长围着青山转"，我让这些姑娘们，一个个都优美地旋转起来……

想完这个美丽的爱情故事，抬头望去，我头上两朵白云已经化成了一大片，他们融合了，那座云桥呢，不见了……

牛郎和织女相会了，姑娘和少年永不分了，

却道是：白云也会有故事，那是真正的鹊桥相会……

美国 U.S.A.

导读：如果邮轮不出故障，我们就不会停留在佛罗里达；如果不停留在佛罗里达，我就不会去瑜伽馆；如果不去瑜伽馆，我就不会……塞翁失马，焉知非福。

第十六站　美国

 ## 第69天（7月21日）

绿岛仙踪——坦帕

绿岛仙踪

如果邮轮不出故障，我们就不会停留在佛罗里达坦帕湾，问题是邮轮只能去佛罗里达。邮轮要进入坦帕，谁知"福兮祸兮"？但凡事情朝好的方面想，你的幸福指数就会大大提升。

看看眼前的一片片绿，一路走来，又有哪个港口，有这般深远的绿色恭候你，邮轮在这片绿色中行进了几个小时，让你畅想，让你遐思……

白云在蓝天自由飘荡着，坐在甲板的椅子上慢慢欣赏眼前的一切，就不会只想着到达目的地，而忽略了眼前的景色。进入纽约时，两边是林立的大厦，而此时如此悠远的这片绿，向我们预示坦帕是一个美丽的、宁静的港湾。

天空的白云时而大朵，时而又化开，似孩子在野外撒欢一般，那片齐平的绿地上，除草工人正在工作，远远看去，恰似一幅恬静的田园风光画。

邮轮缓缓前行，这片绿忽而一下子蹿高了，成了一片树林。而这树林之间，忽而镶嵌着红色；忽而又镶嵌着青色；不多久又是白色，那白色最是好看，仿若白色的棋子，镶嵌在绿色的棋盘中。而无论是那万绿丛中的一点红，还是尽显宁静的青，或如那镶嵌在绿色棋盘中的白色棋子，都是海边错落着的一幢幢房屋，抑或林间偶有慢速穿行的汽车……

任何事物都有两面，如果我们不停留在佛罗里达，哪里又能感受"好田园，佳山水。闲中真乐，几个人知？"这绿岛仙踪的悠闲……

🌏 第70天（7月22日）

风景这边独好

楼下的泳池

我们下榻的酒店名叫 "Westin harbour island"，刚刚进得房间来，放下行李，就朝窗外望去。昨日经过的那些房屋正在酒店的对岸，而靠酒店的这边，岸边泊满了私家游艇。这些游艇有大有小，有高有矮；有些仅能乘坐两人，有些有三层高，就像住家一样，估计应该可以在里面生活吧。

岸边长长的走道，干净、利落，高高的棕树有序地矗立在水岸边，为散步的人们遮挡住了头顶的阳光。将头伸向窗外，哦——两只皮筏艇正从窗下向远处划去，而正对着窗下的是酒店的阳光泳池，有客人在湛蓝色的泳池中游泳呢！

晚饭后，独自行走在街头，街道上来来往往的步行者几乎都是和平之船上的乘客。远处闪烁的霓虹灯是一家家酒店的名字，船上下来的一千余名乘客就分散着下榻在坦帕的各家酒店。

坦帕——这座佛罗里达西海岸最大的城市，游客众多。生活在拥挤的都市里的人们啊，抽出时间多到这样闲适的地方走走吧，感受一下什么叫真正的生活，什么叫"一片闲云任卷舒"的生活方式吧！

🌏 第71天（7月23日）

悠扬的琴声

坦帕湾素以其景点闻名，我们暂时无法确定在坦帕停留的时间，总之，既来之则安之，只要没有通知上船，那就一定会在头一天安排好第二天的行程。

　　酒店里，阅览架上提供了丰富多彩的旅游景点的资料介绍，你可以前往野生海豚生活的墨西哥湾感受水上帆伞运动；也可以领略热情的古巴风情区舞动伦巴；抑或去某个海滩度假区；也可以包船游览。

观鸟儿啄鱼

若想感受海盗式的游览经历，还可以选择乘坐海盗船，你一定会看到成群海豚神气活现地出没在海盗船的周围。

　　清水海滩南面的海滩狭长宁静，如果你想在途中享受恬静安逸，不妨在 Fort De Soto 公园稍作停留。这是一座最南面的屏障岛，岛上依然保留着原始风貌。一位能讲少许中文的叶泰美女士带着几位游客去了，当时她邀我一起去，因为和由美子等有约在先，所以未能与她们成行。

　　总之，只要时间充裕，这里总有吸引你的游览去处。

　　游客们成群结队地按各自喜欢的去处去了自己想去的地方，由美子领队带着我们几位参观动物园和水族馆。整个坦帕湾以动物观赏闻名，位于坦帕市内航道边海滨区的佛罗里达水族馆一直被公认为该地区最受欢迎的旅游景点之一。

　　据说这里共有 20000 余种海洋动植物，步入巨大的水族馆，我们观赏到了海豚、鳄鱼、海牛，以及其他奇异的海洋生物，如澳大利亚海龙和太平洋章鱼，还有很多不知名的生物。

　　有一种红色的生物吸引了众多人，我也凑过去，一看是一种带刺的小孩子玩的皮球一样的生物，用手轻轻一碰，它就缩得很小很小，不一会儿又膨胀起来，不仅吸引了孩子们的视线，旁边大人也围了过来。

悠扬的琴声

　　出得水族馆来，大家一起又去附近的一家大商场购物。由美子最喜欢购买各种物品，而且买好后总会向我们一一展示她

167

淘宝回来的物件，这是女人的天性。

刚进商场门口，一阵悠扬的钢琴声缓缓传入耳畔，循声望去，一位有些上了年岁的男士正在大厅的中央弹钢琴。站在旁边静静聆听，这位艺术家温和地笑了，我也笑了……

琴架上没有琴谱，这是随心而弹，也是随性而弹，一会儿如涓涓细流，一会儿又如高山流水……

忽然想到我们国内的某些高档商场，为什么不在大厅中央也设立这样一个舞台，偶尔请上钢琴家或者小提琴家来现场演奏一下呢！让人们在艺术的殿堂里购物，那该是何等的享受，何等的物超所值啊！

🌏 第72天（7月24日）

未谋面的王医生

每日三餐我都喜欢在露台餐厅用餐，不喜欢呆在空调餐厅里。这里有自然的阳光，清新的空气，边用餐边可以放眼观赏眼前美丽的港湾，还可以引鸟儿自由地来你的餐桌上和你共享餐点。

"koniqiwa"。服务生走到我面前，先用日语问候我"你好"，接着又改用英文："需要帮助吗？"

"你好！"我笑着对服务生说："我是中国人，不是日本人，你能讲中文吗？"服务员耸耸肩，表示不好意思。

我说："那就用英文好啦！"

"你是中国人？"服务生有点不敢相信，接着眼睛发亮！

"是的，我是中国人，来自北京！"每当外国人将我当成日本人时，我就会这样特别强调一句。

服务生不断凑近我来听我讲话，让我感觉有些诧异，接着他告诉我，他的听力不是很好——是的，耳朵里戴着助听器呢！

"你叫什么名字？"西方人都习惯这样问，就像我们中国人总喜欢问："你吃了吗"一样。

我回答服务生："Jean"。

"中文名字呢？"这个服务生怎么了？竟这样穷追不舍。

我一字一顿："范一京一广。你呢？"我边吃着，边回头看他。

"Steve"。看到我惊异的表情后，Steve 给了我一个神秘的表情，从口袋里掏出手机，翻到一个号码——Doctor Wang，我轻声说道："王医生？"

Steve 指着手机上显示的 Doctor Wang 对我说："这是一位中国医生，可敬的中国医生！我有一个妹妹，她的眼睛几乎看不见了，多年来美国的医生都没有治好。" Steve 指着手机上的 Doctor Wang，很尊敬的神情，好像面对着的不是手机，而是王医生本人，又转向我："王医生用中医的方法治好了我妹妹的眼睛，我妹妹现在能看见很多了！"

Steve 给我描述妹妹的眼睛的情况，又给我讲王医生怎样地给妹妹予以治疗。现在他们全家有什么疾病都是找王医生看，他们特别相信中国的中医。

我从心里为 Steve 的妹妹祝福，同时也为我的同胞在坦帕做出这样优秀的成绩，这样受人尊敬，感到无比自豪，仿佛自己脸上都贴了金！

饭后，Steve 问我："你与王医生通话吗？"

"啊，与王医生通话？"简直太让人高兴了，在这样遥远的地方，我能与工作在这里的我的同胞通话，真是喜出望外。

Steve 拨通了王医生的电话，告诉对方我是他们酒店的客人，是中国人，介绍几句后，Steve 将手机递到了我手里。

"喂，你好！"啊，亲切的国语传了过来。

"你好，你是王医生？中国人？"我好激动。

"是啊，中国人，你来自中国哪里？"话筒可以告诉你王医生在那边也显得无比兴奋。

"我来自北京！"

"可是你不像北京口音哟？"

"老家在湖南，你呢？"乡音难改，也无需改。

"我是福建人。"王医生也是一口正宗南方口音。

简单的问候、寒暄后，到底是自家人，聊起来特别轻松。

王医生告诉我，他是 1999 年来到这里发展的，在佛罗里达坦帕这座城市，现在有着两万多中国人。我笑着说，我也来这里发展好不好？

王医生忙接住我的话说，坦帕真的不错，环境好，空气好，许多职业在这里都被需要，我说我只会教瑜伽，王医生告诉我这里好多瑜伽馆，教瑜伽肯定没问题。

我又开玩笑，我来开中餐馆怎么样？因为一路航行，不论海上，还是陆地上，没有谁不承认，还是中国菜最好吃！

王医生在电话那头笑起来，带两个好中国厨师过来开中餐馆，我们都到你餐馆吃饭！

与王医生聊得愉快极了，不想放下电话，可是对方还在工作，不能打搅太久，说了一大段发自内心的祝福后，还是道了再见！

没有与王医生谋面，但是这位治好了美国女孩眼睛的王医生让我心生敬意，从 Steve 敬佩的神情中，我也了解到王医生的超人医德。我为我们有这样好的同胞在国外而由衷地骄傲！

王医生——祝福你！好人一生平安！

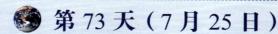

第 73 天（7 月 25 日）

儿童瑜伽

早听说在印度、美国一些国家，某些学校将瑜伽课程排入其中。现在在佛罗里达走访的两个学校，没有开设瑜伽课程。瑜伽馆里倒是开设有儿童瑜伽，3—6 岁的孩子在这里练习，我在这里著名的 Yogani 也跟着上了两节儿童瑜伽课。这里不仅开设有儿童瑜伽，还有孕妇瑜伽以及妈妈宝宝双人瑜伽呢！

孩子的天性是好动的，所以在课程的设计上，看得出来老师是花了不少心思的。

Jane 是 Yogani 儿童瑜伽的设计者，她热情而快乐地对待每一个孩子。在她的课堂上，一会儿，孩子们跟着 Jane 做树式；做树式之前，Jane 问孩子们，树是什么样子呢？孩子们你一言我一语的先描述一番，接着再跟着 Jane 开始做。然后又用同样的方法，和孩子们一起做猫式、虎式、蛇式等等。

她一会儿大声说："我今天好 happy!——happy！ happy！ happy！"孩子们高兴地跳起来，跟着 Jane 大声喊着：我今天好 "happy!——happy！happy！ happy！"孩子们在垫子上高兴得翻来滚去，Jane 并不去制止。

课堂上，孩子们开心极了，老师也满脸笑容。

Jane 实在热心，每个孩子都是她手里的宝贝，我也和孩子们一起做着、开心着、欢乐着……

下课了，孩子们一个个自己将垫子收起来，放在教室外面一个固定的地方。

家长们来接孩子了，我与有着两位宝宝的妈妈聊了起来，她的可爱的女儿刚刚从里面出来，还没有放垫子。妈妈愉快地接受我合影的要求后告诉我，

儿童瑜伽

孩子很喜欢来这里上课，每次都觉得非常愉快。我问妈妈："孩子在这里学到最多的是什么？"妈妈告诉我，孩子在这里特别开心，特别快乐！同时她的柔韧性、平衡性、专注性都得到锻炼！接着，她又特别强调一句："主要是她开心！孩子开心是最重要的！"

是啊！开心最重要！

🌏 第 74 天（7 月 26 日）

Paul 带我游坦帕

Paul 50 岁，60 岁？我没看出来，Buckram 瑜伽课后，我也香汗淋漓地随着人群出来。在佛罗里达待着的几天，平常不练 Astanga 瑜伽的我，为了工作的需要，也在尝试。在瑜伽馆里渐渐和 Paul 熟悉起来。

当 Paul 知道我是乘船环游世界时，也替我高兴，主动说，那我开车带你

佛罗里达坦帕游吧！

当然开心啦！我总是很幸运！

Paul是佛罗里达一家大医院著名的骨科医生导师，我也告诉Paul我在中国是瑜伽导师。Paul对着我笑起来："Same, same"，我也笑了："我们一样！"

车路过一个建筑物旁边，Paul问我："你知道姚明吗？"

这段环游的日子里，已经有N个人问我这个问题了。我拼命点头："当然！"

"姚明在这里训练过！" Paul指着外面那幢建筑，神情比我还骄傲——因为姚明在这里训练过！

我回头去看那个姚明训练过的地方。

"看我像不像姚明？"Paul玩笑着看我。

我看Paul没有两米，也有一米九。因为我感觉他的座驾宝马×5于他还显得有些不合适。我举着大拇指表示赞同，接着我说："应该我来开车，你坐我这边，座椅可以放倒一点！"

细软的沙滩

"好啊，我们交换位置？！" Paul笑着。

"没有啦，还是等到北京了，我开车带你转北京吧！"出门在外就是这样，你会遇到一些意想不到的人，甚至和他们交上朋友，等他们下次到了你的国度，你也可以作为东道主盛情款待他们，在外你也就可以安心接受他们的款待。

Paul将车速放得很慢，说："坦帕湾四季如春，一年中几乎有361天都是阳光明媚，因为如此好的气候原因，在这里可以享受到许多有趣的户外运动，有许多游客特别喜欢来享受佛罗里达州最美丽悠闲的海滩。"

Paul问我喜不喜欢海滩，我说当然啦！"阳光、沙滩、海浪、仙人掌、还有一位老船长……"Paul见我唱出来，问唱的是什么意思？我说就是眼前的美景呀！

从南面圣彼得堡周围的绿色沙丘到北面广阔的清水沙滩，足以让沙滩爱好者们难以抉择。

Paul告诉我，坦帕湾市民充满激情，热衷于各项运动。他可以带我去观摩当地的运动队，感受狂热的运动氛围。Buccaneers橄榄球队，Devil Rays棒球队和坦帕湾 Lightning 冰球队都是当地人们追捧的宠儿……我对这些实在没有兴趣，也就谢绝了 Paul 的好意。

坦帕街道到处弥漫着怀旧气息，Paul 说大楼里居住着一些古巴后裔。在那里，可以点上一杯古巴奶咖，光顾雪茄特色商店，漫步曾跃动着城市脉搏的社交俱乐部。这里 20 世纪初盛产古巴雪茄，有众多的"和平之船"游客在这里购买雪茄，我也毫不例外地购买了一盒，回去送给我的好友。

海滩边有着古老的木制结构码头，仿佛向人诉说着一些久远的故事，让你流连。附近的饭店和酒店能品尝到鲜活的海鲜，价格面向不同的消费群体，Paul 请我大吃了一顿。

清水海滩成了海滩爱好者享受佛罗里达阳光的理想之地，如果是黄昏时在市区游览，花上 50 美分还可以在码头尽头垂钓呢！同时，在这里还可以从最佳的角度欣赏墨西哥湾令人陶醉的落日美景。明天一定赶紧告诉邮轮上垂钓专家清河先生，一定不要错过这个垂钓的大好机会！

第 75 天（7 月 27 日）

雨棒

整个上午没有出门，关在房间看电视，吃过午饭习惯性地午睡。

好像没过多久，突然，外面雷声大作，一团大大的黑云遮蔽了窗前的天空，整个房里忽然暗下来，我连忙起床："难道会下雨？"

大风震撼着山壑，豆大的雨点——不！是雨棒，急促的雨棒从天空直降下来。

这雨棒我从未见过，这雨声我也从未听过，雨棒中夹杂着大风，一会儿工夫将气氛营造得恐怖极了。

雨棒拼着命似地摔打在屋顶上，噼里啪啦不想间断，仿佛要从屋顶穿透，直达地面。大风吹打着路边的棕树，那棕树看上去已经毫无招架之力了，眼看着就要倒下去。

我最是害怕这样的天气，让人极易失去安全感。想着坦帕难得的一场大雨，竟下得如此疯狂、这般肆意，简直是毫无情面！

窗子紧紧关着，港湾里，棒雨夹着狂风冲击着水面，真可谓风刀雨剑，激战方酣。游泳池的蓝色水面，被那雨棒冲击得欢跳。

雨棒　　　　　　　　　　雨后斜阳

昨天才得知坦帕一年中 365 天有 361 天都是阳光明媚，而这极小的棒雨机会也被我们赶上了，也叫得来全不费工夫吧！

临近傍晚，棒雨戛然而止，就如理查德·克莱德曼演奏的钢琴曲《命运》弹出的最后一个音符！

一束强光从窗外射进来，碧空中，灿烂的晚霞拨开乌云展现出她耀眼的身姿；远处几朵漂浮着的白云，在雨后和煦的微风中翩翩起舞，将蔚蓝色的天空擦拭得一片透亮。

海鸥唱着欢乐的歌，陶醉在绚烂的晚霞里；刚刚被棒雨压弯了的棕树慢慢伸着懒腰，宛如刚从梦中睡醒；偎依在花瓣、绿叶上的水珠，晶莹剔透，如同珍珠般闪着光芒。

一艘游艇慢慢从水中驶过，一对夫妇带着爱犬享受着雨后水面的清新；一位少女划着单人皮筏艇从另一头驶来……

推开窗，窗外依然是风景如画，远处的植物乘着微风送来了诱人的沁香。

下午狂暴的大自然仿佛要将整个人间吞噬，而雨后带来的却是如此绚烂的黄昏美景。

有时，人们往往受到某种局限，只看到了事物的一个方面，而忽略了大自然那无与伦比的和谐之美。

第76天（7月28日）

用心享受孤独

像往常一样，又是早早起床了；

像往常一样，又是先打开电脑，放上音乐；

像往常一样，又是晨练的开始……

又像某个往日一样，压着腿，思绪飞了起来；

在坦帕酒店享受孤独

又像某些往日一样，赶快坐到了电脑前，立刻将文字一一记下……

从来都知道，思绪飞起来，一会就没了，灵感一过，再要找回原汁原味的文字就很难了。于是及时记下来，留住最生动的时刻。

今晨依然蓝天白云、阳光灿烂，佛罗里达总是这样，心情如阳光——外面的热闹是他们的，于我，什么也没有。在佛罗里达的这些天，情绪格外好，灵感特别多，我的文章也几乎都是早上写出来的。

爱在早上写文章，因为早上是一天的开始，头脑清新。晚上睡得早，这是多年来养成的习惯，晚上极少有做文字的时候。

我曾经写过一篇文章，题目是"我哪是什么作家呀"。因为小时候随母亲在文化局院里长大，楼上楼下、隔壁左右全是些作家叔叔、伯伯、阿姨，都是熬夜写文章。那时，我当然也是早起，只是早起去上学，我们那栋楼没有几盏灯不是早晨还亮着的。

"孤独ㅂ作家"一句话也就是那时候感受到的，完全理解这句话的真正含义，应该是现在的自己的写作状态。

曾经有人问我，最喜欢什么样的生活，我说一个人独处，不被人打扰，朋友总会笑我。而我感觉独处的时候，那么清静，想看书就看书，想写文字就写文字……我现在过的就是这种一个人的日子，很享受，很惬意，很幸福！

"你孤独吗？"也常常有人这样问我。

但凡如我这类人，喜欢一个人独处，难得喜欢人多的时候，对外界的一切几乎视而不见，听而不闻，亦可以说漠不关心。我总想那些整天在林间伐木的工人或在地里锄草的农夫，他们也不感到孤独啊，因为是心有所属！

在家独处，以书为伴。在别人的书中徜徉，任自己的思绪飞扬，将精神的文字有序地堆积在一起，就像儿时玩积木，将那些横条、直条、三角、半圆的一块一块积木堆积成一座座的房子，然后，将做好的房子叫许多的小朋友一起来欣赏。现在长大了，将写出来的文字，印成一个一个铅字，做成一本一本的书，与更多的人分享，让自己的快乐心情与他人分享，多美的大人游戏啊！你能说不是吗？！

喜欢一个人独处的世界——那是一个精神的世界！那是一个时有万马奔腾、时有蓝天白云、时有海浪帆船的世界！……

用心享受孤独的美丽！

在这美妙的黄昏，我的身心融为一体，海上的一切显得尤为与我相宜。夜幕降临了，海风轻轻吹拂，海鸥在低空盘旋，用心享受吧——享受每一个孤独的、美丽的世界！

人要与自然为伍，与我们生命的不竭源泉接近。常常独处会让人感觉心灵纯净、身心健康！

孤独是一种心灵的宁静！孤独是一种别样的美丽！

以书为伴，以物为伴，独享一份闲情！

用心享受美丽的孤独！

🌏 第77天（7月29日）

日出	日落	纬度	经度	水深	船速	气温	水温	风速	气压
6：55	20：22	25.42	83.45W	88	16.75	30	30	7~10	1008

重归"和平之船"

从布希公园观赏长颈鹿、狮子和其他塞伦盖蒂大草原的土著动物的游客回来了。

观摩运动队、橄榄球队、棒球队和冰球队的游客回来了。

去了趟古巴，嘴上叼着雪茄的游客回来了。

从佛罗里达州美丽悠闲的海滩畅游的游客回来了。

亲眼目睹了佛罗里达州独特的野生动植物的游客回来了。

到奥兰多玩转迪斯尼乐园的游客回来了。

……

回来了，所有的乘客都回来了。

今夜可是良宵？今宵是七月二十九日。

月朗、风清，月光洒满整个海面。

所有的乘客重回"和平之船"，受到夹道欢迎，仿若梦境……

红霞布满天际　　　　　　　　夹道欢迎

🌏 第78天（7月30日）

日出	日落	纬度	经度	水深	船速	气温	水温	风速	气压
7：12	20：04	19.37	83.28W	2950	15.7	29	30	7~10	1009

加勒比海鸥

所有的乘客意外经过佛罗里达坦帕湾八天的参观游览后重新返回到"和平之船"，和平之船再次勇敢地驶向大海中。这里已经不是一般的海域，接近了传奇的加勒比海。邮轮将在加勒比海航行两天后到达下一站巴拿马。

加勒比海是世界上最大的内海，有人曾把它和墨西哥湾并称为"美洲地中海"。

加勒比海也是沿岸国最多的大海。在全世界 50 多个海中，沿岸国达两位数的只有地中海和加勒比海。我们已经经过的地中海有 17 个沿岸国；而加勒比海有 20 个，中美洲的危地马拉、洪都拉斯、尼加拉瓜、哥斯达黎加、巴拿马等等都包括在内。

船上的二副奥多瓦尔多是中美洲危地马拉人，我的服务员弗兰斯来自尼加拉瓜，餐厅还一位矮矮胖胖的男服务员曾告诉过我他来自洪都拉斯，船上还有几位工作人员也都来自以上这些中美洲国家。

原本对南美委内瑞拉的游览路线已被佛罗里达取代了，所以只有说，南美——留待我们下次游览吧！

电视屏幕里正播放着《加勒比海盗》，看看屏幕，又望望窗外，比较着镜头里的水与此刻窗外的加勒比海水，那海水的颜色，海浪的高度，波峰的流线等，都完全一模一样。镜头里海盗船在摇晃，窗外什么东西也在晃动，忽而又不见了！

"是什么？"

看电视看得心里惶惶的我，爬到窗口，去探个究竟。

"啊——海盗船！"心里想着，若真的是海盗船出现了，那才叫过瘾！

不，是海——海鸥……

怎么这么强壮的海鸥，带着那么庄重的黑边，与别的海域的海鸥完全不一样。

看着大海鸥在海面飞来飞去，一会儿扎进水里，一会儿抖掉羽毛上的水又飞起来，好壮观的画面。

迎面出现一只黑海鸥，看得清清楚楚的尖嘴，扎进水里吃鱼，一会儿飞到上空，嗷叫，庆功！

一路行来，各个海域的海鸥都有所见识，加勒比海海鸥的强壮与威猛却是鲜见的，还有几十天的旅程，还会有什么不一样的海鸥出现呢？

后天到达巴拿马，今天出现这样强势的海鸥，明天会不会有海盗出现？期盼！

第79天（7月31日）

日出	日落	纬度	经度	水深	船速	气温	水温	风速	气压
6：09	18：47	14.39	80.50W	1350	16.3	30	30	8~12	1005

加勒比海的阳光

船完全驶入加勒比海，明天将抵达巴拿马。

这两天身体稍有不适，不想出门。想着昨晚踏着棉花一样的脚步迈上甲板去看落日时，落日没有等我，只拍到了一大片依然等待我的火红的晚霞。

今晨醒来，窗外布满白云，但黑云压盖在白云上，这是怎样的一个天气？洗漱完毕，还是感觉有点头晕，依然踏着松软的棉花步慢慢步上甲板，只见长长的一线黑云梦呓般地缓缓漂移。

风大起来，吹得黑云快速涌动，这一线黑云还拖着更长的一条黑尾巴，在海面摆动起来！

"那么漂亮的白云，这条黑云从哪儿来的？捣乱！"漂亮的天空，被这黑云横扫在中间，搅乱了。

一会儿，黑尾巴云一甩，带出了一点点红。

"那不会是日出吧？"心里想着。

"不是，不像！"否定自己，因为根本不像平常的日出。

黑尾巴云依旧肆意摆动……

又露出了一点点红，这回干脆不去看它了，任由白云、黑云这样交织。

一大条黑尾巴云狂扫过去，露出来半个太阳。

"啊？日出竟是如此出现——这就是加勒比海的日出？"简直太让人称奇了！

黑尾巴云太长，太阳一会儿被它遮住，一会儿又被它带出，反反复复。海浪早已不温柔，就像刺猬，浪花与浪花之间的碰撞，仿佛想要砸出血来。

太阳不红，但是很亮，照透了整个海面，也从我的窗子诡秘地射进来，会不会出现海盗？

如果不是以前在家时看了无数遍《加勒比海盗》，如果不是包里还带了这些光盘，可能对加勒比海并不会这样想了，可是受电影《加勒比海盗》影响太深了。

一会儿再看看光盘，重温一下《加勒比海盗》吧。

再等待一天，看看晚上的月光是否也诡秘呢！

期待海盗出现……

加勒比海

巴拿马 Panama

　　巴拿马位于中美洲地峡地区，南濒太平洋，北临加勒比海。面积 7.6 万平方千米，居民多为印欧混血种人。西班牙语为官方语言。境内河流众多，地处巴拿马最窄处的巴拿马运河，大大缩短了大西洋和太平洋之间的航程。巴拿马被誉为"世界桥梁"。这里热带森林资源丰富，覆盖率为 70% 以上。

　　巴拿马运河：巴拿马运河连接了太平洋和加勒比海，克里斯托巴尔就位于运河加勒比海入口处，郊外是广袤的热带雨林。

导读："你真的好漂亮！好美！"面对裸露上体的女子，凝视着她的双峰，我如是说……

第十七站　巴拿马

 第 80 天（8 月 1 日）

坦坦荡荡土著人

　　巴拿马位于中美洲地峡地区，南濒太平洋，北临加勒比海。这里的官方语言为西班牙语，但许多巴拿马人可以讲英语。船上不知什么时候上来了一位巴拿马乘客，今天到了巴拿马，才又想起这位乘客来。

　　今天有一个团队去了土著部落，我们当时不知道有这条路线，选的是其他路线。我想，虽然我们没有去土著部落，如果能有幸碰到土著族人那就太幸运了！

　　上午在港口闲逛，因为在船上时，宣传本地治安较乱，我们不便单独外出（每一站出港，船上都会介绍当地的治安等情况），倒也好，港口周边礼品店不少，还有许多小贩出售各种土特产呢！

　　许多没有去土著部落的乘客也都在港口的礼品店转悠着。大家来到一个一个摊位，不急不慢地欣赏着这些具有民族特色的土特产，有绣花的民族服装、手袋，还有草编的碟、盘等生活用品。

　　突然，前方出现了一群赤裸着上身的男女，一个个摊位前这些人近乎赤裸，只用一小块简陋的布遮挡着下身的私密部位。

　　面前站的十来位妇人，黝黑而健康的皮肤，漆黑的齐腰长发，光洁的面颊，端正的五官，甚至双乳都几乎全部下垂。

　　人们看得心跳加速，有些扭捏地走近这些摊位，开始不敢正视，更不好意思赤裸裸地看——尽管他们可以赤裸裸地注视着我们。无论男女，他们身上都纹着一些图案，仿佛还是统一的图案——会不会就是土著人呢？我问自己。

　　我煞有介事地徘徊到一位妇人的摊位前，左看看，右挑挑，同时与妇人慢慢闲聊起来，还好她可以讲英文。我友好地告诉妇人我来自中国，问她知

182

不知道中国？妇人微笑着点头，表示知道。我切入主题，问她是不是土著人？妇人依然友好地点头，表示是的。

妇人摊位前的小商品应有尽有，光用椰子壳做的各种动物模型、面具、首饰等土特产就有很多，最后我以 5 美元买了一个椰子壳做的、打磨得非常细腻、光滑的手镯套在手腕上。

民族特色饰品　　　　　　　　　　　火宫一夫跑到妇人身后

5 美元，将妇人摊位的商品变成了我手腕上的饰物，看着微笑的妇人，我由衷地说："我好喜欢看你，你真的好漂亮"！妇人忙赞扬道："你也很漂亮"。接着我礼貌地问："我可以和你合影吗？""当然"，妇人微笑着点头，马上摆好了姿势。

与妇人合完影，道声"谢谢"，我看到了她漂亮的双脚，妇人的脚踝上画了一圈一圈的漂亮图案，脚指甲也染得红红的。我依然由衷地说："你的脚好漂亮啊！"妇人脱掉简便的拖鞋准备让我拍她的脚，其实我只是想再多照几张，一路行来，过了这个村没得那个店的事已锻炼得我们太知道如何抓住拍照的机会了！

旁边摊位上四位手持乐器的男子站在摊位后面开始演奏起来，鼓声、铃声响彻整个港口大厅内，那音乐是我未曾听过的，很特别，很喜欢，一下子这里聚集的游客更多了。我问妇人道："我可以拍他们吗？""你给一美元吧！"妇人笑着对我说。

这句一美元"one dollar"是我们对埃及人的最深印象，在埃及无论在哪儿想要合照，每个人都向你伸出一根手指："one dollar"，更忘不了的是，在金字塔下面，按规定警察是不能与游客合影的，但多少人都与金字塔下巡视

的警察合了影。那天和我合影的警察是背对着我，手从背后伸向我，接过 one dollar 的。

掏出一美元羞涩地塞在男子摊位前的盘子下，拍了几张照赶紧离开。

音乐仍然响彻整个大厅，依然那样让我流连，我是如此喜欢音乐，在西班牙、在意大利，那些街头艺术家在街边一边弹奏，我一边欣赏，我都花 10 美元、10 欧元买了光碟。现在，这么原汁原味的土著音乐让我如此欣赏，我竟只掏了一美元！心里的滋味此时无以用言语说清……

巴拿马民族舞　　　　　　　　　当地民乐

这边唱罢，那边登场。不同的音乐从另一个方向又响起来，循声望去，一群身着艳丽服饰的少男、少女正优雅地在大厅中间舞起来，只听到那边"嘿－嘿－嘿－嘿－"，带动了所有的乘客踏着节奏感很强的音乐全都跟了过去，零距离欣赏这异域歌舞的同时，将自己也完全融入其中！

第81天（8月2日）

日出	日落	纬度	经度	水深	船速	气温	水温	风速	气压
6：10	18：35	9.06	79.47W	10.5	8~12	29	30	0~1	1005

通过巴拿马运河

巴拿马运河连接了太平洋和加勒比海，我们停泊的克里斯托巴尔就位于运河加勒比海入口处。

　　此刻和平号邮轮就要通过著名的巴拿马运河了，昨天下午我们先参观，站在岸边的观景台，看着别的船只是怎样一道一道过闸门的！看清楚了——一共要经历三道闸门。看着一只大船由两旁的几台牵引小车牵引着，缓缓由加勒比海往运河的第一道闸门——加顿闸门，一道一道地过闸门，感觉人类真的伟大！

巴拿马运河

　　从地图上看，巴拿马只是一个小如针尖的地方，但这个要塞之地却被称为"世界桥梁"。这是因为地处巴拿马地峡最低处的巴拿马运河，大大缩短了大西洋和太平洋之间的航程。

第82天（8月3日）

日出	日落	纬度	经度	水深	船速	气温	水温	风速	气压
6：10	18：35	9.45	83.07W	960	17.0	30	30	7~10	1001

再见——大西洋

　　昨天早上6点，邮轮离开克利斯托巴尔港口，向运河中行驶。一大早两岸云遮雾障，宛如仙境，心中不时回响着"两岸猿声啼不住，轻舟已过万重山"的诗句。

　　巴拿马地峡一年中有7个月的时间处于雨季，所以我们能看到两岸繁茂的植物。这密密的正是广袤的热带雨林，不由得想起了《非洲丛林历险记》。好想进入这片热带雨林，去历历险，应该是别有一番天地吧！难怪周先生说，这次我们环球游，都是匆匆而过，目的主要是绕地球一周，下次他就要深度

游了。想去的国家，想去的城市都要探个究竟。可不嘛，我们此刻就没有自己的自由时间去穿越这片热带雨林！

船行驶得很慢，上来了八位运河的工作人员（ACP），到船上来协助我们先渡过第一道闸门。

两边的轨道上停靠着许多的电力小车，两边的电力小车上的缆绳被工人接过来套在我们的邮轮两侧的卯上。这样我们的邮轮与电力车就在水陆之间紧密连起来。每边有四台电力车，一共八台，牵引着邮轮共同前进。这种电力车的作用，是起到控制邮轮的速度和前进的方向的。

当第一道闸门开启后，邮轮依然缓缓前行，在快到第二道闸门时，第一道闸门便关上了，邮轮夹在两道闸门之间，水位开始慢慢升高。

红门暗了的一截是被水浸的，也渐渐成了水位线的明显标志。两旁的工作人员有序地指挥着。

现在水升到了一定高度，第二道闸门正欲打开之时，一群大雁（不知是不是大雁啊？我不敢断定，暂且认作大雁吧）排成"人"字从船顶飞过，许多的摄像机掉转镜头方向对准了它们……

大雁飞过了船顶，人们将视线收了回来。现在，我们看到了徐徐开启的第二道闸门；接着我们又被夹在第二道闸门和第三道闸门之间；水位继续上升，邮轮又驶出了第三道闸门……

当邮轮从第三道闸门驶出时，整整过去了一个小时。

别着急，邮轮依然行驶在运河中，还要经过两道闸门才能进入太平洋呢！

沿着船舷走一圈，到了船尾，看见了我们刚才经过的"加顿闸门"，也就是这道闸门，将我们与大西洋分开。我对着海面挥手：再见了——大西洋！

两侧广袤的热带雨林

一行大雁飞过船顶

🌍 第83天（8月4日）

日出	日落	纬度	经度	水深	船速	气温	水温	风速	气压
5：21	17：59	11.53	88.35W	3292	12.4	30	30	7~10	1004

亲吻太平洋

前天用过早点，继续回到船头欣赏两岸风光。运河区域不似在大洋中，除了茫茫一片海水外，什么也看不见，这里的两边不时有船只经过，两岸繁茂的热带植物倒映在如镜的河水中，坐在我身旁的凤姐对我说："范妹妹呀，我怎么觉得这些都像在画中呀？"可不是吗？如诗如画、如梦如幻的美景，你平日看到的美丽画面不就是这样吗？

整个上午就这样在船头欣赏着风光。一会儿零零星星下起了几滴小雨，感觉这雨滴不仅浸润了密林，也滋润了心田，几分钟后这雨便也停了。

下午两点，邮轮完成了整个巴拿马运河的行驶，即将驶入临近太平洋的第二道闸门，15分钟后，又驶出了第三道闸门。

三道闸门过后，邮轮已从运河驶进了太平洋，突然心里一紧，泪不由自主地流下来，一种回家的感觉油然而生。开阔的太平洋海面就像母亲温暖的怀抱。我们从太平洋出发，八十多天时间里经过了印度洋、大西洋后，此刻再次回到了太平洋，虽然离回家的日子还有三十多天时间，但心里的感觉就是近了，快了，快到家了！

从早晨六点至晚上六点，我们用12个小时就从大西洋通过巴拿马运河穿越到了太平洋，真是"前人栽树，后人乘凉"啊！

我问同伴，今天的日落时间是几点？同伴笑着说，今天阴天，哪来的日落。我说那我依然出去看看，来到船尾，远处一座座高山被云雾遮盖住了，似早上我们经过第一道闸门时一样。突然想起"谁家水调唱歌头，声绕碧山飞去晚云留"的句子来。

没见日落的景象，这种黄昏暮霭算是巴拿马运河对我们的依依惜别情吧！

危地马拉 Guatemala

  危地马拉位于中美洲西北部，西部和北部与墨西哥、东北与伯利兹、东南与洪都拉斯和萨尔瓦多接壤，东临加勒比海的洪都拉斯湾，南濒太平洋。海岸线长约 500 公里。境内多山地和火山，沿海平原土壤肥沃，北部森林覆盖率较高。以亚热带气候为主，年平均气温 16 ～ 20℃，5—10 月为雨季，11—4 月为旱季。

  危地马拉是古代印第安人玛雅文化中心之一。1524 年沦为西班牙殖民地。1527 年西班牙在危地马拉设置都督府，管辖除巴拿马以外的中美洲地区。1821 年摆脱西班牙殖民统治，宣布独立。1822—1823 年成为墨西哥帝国的一部分。1823 年加入中美洲联邦。1838 年联邦解体后，于 1839 年再次成为独立国。1847 年 3 月 21 日危地马拉宣布建立共和国。

玛雅（Maya）文明：玛雅文化是世界重要的古文化之一，更是美洲重大的古典文化。玛雅人在 5000 年前就出现在墨西哥合众国和中美洲危地马拉的太平洋海岸，在美洲远古的石器时代就开始了他们的生产活动，所以和世界上的其他人类一样，他们的古代史正常地经历了采集、渔猎向农耕过渡的发展阶段。玛雅文明孕育、兴起、发展于今墨西哥合众国的尤卡坦半岛、恰帕斯和塔帕斯科两州和中美洲的一些地方，包括今天的伯利兹、危地马拉的大部分地区、洪都拉斯西部地区和萨尔瓦多的一些地方。这一地区的总面积达 32.4 万平方千米。

玛雅文化的产生和发展：公元前 2000 年左右，玛雅人进入了定点群居时期，并从采集、渔猎进入到了农耕时期。农业和定点群居孕育了玛雅文明。玛雅文明从此就开始了……

导读：这是我十多年前真正梦想过要来的地方，而今，我脚踏实地踩在了这块土地上，心中深深的痛，说不清为什么……

第十八站　危地马拉

🌐 第84天（8月5日）

库特扎尔

　　早晨五点醒来，只感觉窗外灯火通明。起身向窗外一望，远处高山上顶上一只"猛虎"正在狂吼，太阳渐渐从远处山峦里探出头来，几分钟时间已是"日出东方红似火"了。

库特扎尔港口

马上就要靠港了，这里是行程的第 18 站——危地马拉库特扎尔港口。

　　一条长长的水上通道连接着邮轮与码头，这个三角形的茅屋顶的房子，就是我们即将要通过的危地马拉边防站。不一会儿，我们将从这条走道踏上危地马拉国土，探寻神秘的玛雅遗迹。

　　像在土耳其一样，今天依然是一台专车迎接我们这些中国客人，接我们

猛虎怒吼　　　　　　　　　　　日出东方红似火

从港口去民用机场，乘坐小飞机去玛雅遗迹之地。

令人感到惊喜的是导游竟是台湾人，这让我们感到异常亲切。这是我们走访了 18 个国家以来，第一次有中国导游。在意大利时，虽然导游也能说中文，但毕竟人家还是意大利本土人。

导游姓蔡，是一位斯斯文文戴副眼镜的 27 岁小伙。小蔡很健谈，一路上与我们拉起了家常。原来，在他不满 12 岁时，父亲有一次对他说："想不想坐飞机呀？"，小孩子一听说坐飞机，高兴得一蹦三丈高，小蔡还不止于此，而是一蹦就随父母蹦到了万里之外的危地马拉，这一蹦竟是 15 年。现在就读国际贸易的小蔡，业余时间经朋友介绍兼职做做导游。

昨天听说有中国客人来库特扎尔港口，当晚便从危地马拉城赶了过来。

在船上说明会时，组织者一直强调这里治安不好，要我们多加小心。所以，刚刚上车，见了这位同胞，我们首先就问这里的治安好不好？小蔡说，前几年治安确实不好，近年来好多了，但晚上还是尽量不要外出。

车行了大约 15 分钟后，我们便到达目的地——当地的民用机场（国际机场在危地马拉城）。

帅哥、靓妹、小飞机

昨天听说今天去参观玛雅遗迹得乘坐小飞机，心里就想，太美妙了，是坐 3 个人呢？还是 4 个人？满心期待着。想象着电影中直升机顶上硕大的螺旋桨一转，飞机就直上直下，真是拽！

我们这里一百余人，得需要多少架直升机呀？

随着大部队来到机场一看，四架飞机停靠在机场，我问小蔡："小飞机在哪里？"

小蔡指着前方的四架飞机对我："那不是吗？"

"这就是小飞机吗？这么大！"

"一架上面就坐二十多人，还大呀？你想坐直升机吧？"小蔡笑着说。

"难道不是直升机吗？"我皱着眉反问。

原来，他们指的小飞机就是面前这种乘坐二十几人的小飞机呀！

直升机是指望不上了，反正这种小飞机我也没有坐过，那就试试呗！

按着队排列，我们乘坐的是最后一驾。

看着在我们前面一架架逐渐起飞的小飞机，心里痒痒的："跑道这么短，起飞那么快，会不会不舒服呀？"

虽然心里想坐的是直升机，但这么小的飞机也是第一次乘坐，那就安安心心坐吧！这架小飞机一排只有 3 个座位，左边 1 个，右边 2 个。从前到后共 10 排， 30 个座位，坐了 28 位客人。

真没有想到，这么小的飞机，这么短的航线，依然有漂亮的空姐为我们服务哟！

待大家坐定，飞机在极短的跑道上滑行大约 2 分钟后，立即腾空而起。向下望去，窗外即是狭长的海岸线，紧接着出现了美丽的田野。还没有来得及感受到颠簸，也没有任何不适，飞机便平稳地飞行在一千多米的上空了。虽然是在白云之上，但空姐告诉我们现在的飞行高度不会超过两千米。

透过白云，依然可以看到地面绿油油的田野，不一会儿出现在下面的是一片茂密的丛林。空姐对着讲话器告诉我们（其实不用讲话器，我们也能听得清清楚楚），飞机即将降落在这一片丛林中。原计划一个半小时的飞行，现在只用了 55 分钟就提前完成了。直到我们下飞机的时候，驾驶员从驾驶舱走出来，我们才发现，驾驶员是一位多么帅气的小伙子，特有的北美人的自信挂在他年轻帅气的脸上。

当飞机降落下来后，已经有十来架和我们的飞机差不多的小型飞机，停靠在此。小蔡告诉我们这里是一个只有三十年历史的观光机场，每年有不少探寻者、考古学家或者观光游客从世界各地飞往这片神秘的丛林。

　　我们来到一座自然风光无限好的湖边酒店，准备在这里用餐。

　　悠闲的鱼、乌龟不怕人，在浅浅的水面游着；鸟儿在湖面自由飞翔，不时又停落在湖边的木桩上。仿佛这一切都是这些可爱的动物们蓄意要营造给旁边用餐的客人的，在这样的自然环境里用餐，真是享受至极！

　　我们边用餐，边观赏着美丽的湖边景致。小蔡一句："大家吃饱了好走路啊，我们下午要去一个神秘的地方哟……"让我们拼命填饱肚子的时候，期待着下午的行程……

人间伊甸园

　　吃过午饭，我们将用 45 分钟时间穿越一片热带丛林，下榻阿蒂特兰湖畔的听说是一家五星级的酒店。这样明天一早就可以很快去参观玛雅遗迹。

　　丛林里的五星级酒店将会是怎样的一番模样呢？大家都在期待之中！

　　专车在密林中的小路上穿行，两旁繁茂的热带植物是我们以前完全不曾见过的，小蔡一会叫我们看这个，一会叫我们看那个。由于一路景致太美，45 分钟的车程仿佛缩短了许多。车七弯八拐拐进一个小院落里停下来——这就是丛林里的五星级酒店吗？小蔡叫我们将行李搬下来，那从容的样子代表了肯定。此刻，我想到了云南丽江，虽然没有去过丽江，我不知道丽江的酒店会不会也是这般模样？

　　令我们非常惊讶的是这丛林里的五星级酒店竟是如此的不一样。一排排尖尖屋顶的红房子，镶嵌在绿色的树林中，那屋顶不知是用芭蕉叶还是棕榈叶盖上的——茅草屋顶一般的五星级酒店，真是别具风味！后来才听说这种

人间伊甸园

湖水清且涟漪

屋顶比一般的屋顶难维护，而且三年必须更新一次，造价比一般的房屋屋顶要高出许多。所以说，这别具风味也是由高昂价格支撑的！

每栋两层或者三层，每栋六套房间，我住在两层的楼上。

我想着开启门的一刹那会是怎样的一番情景呢？进得门来，室内设施与其他酒店并没有太大差别，但吸引眼球的却是落地窗外那透亮的湖水——这就是美丽的阿蒂特兰湖——"湖水清且涟漪"！房前是密林，屋后是湖水，真正的依山傍水——人间伊甸园！

我早就计划好一定要带着中国的旗袍，在这原始的丛林里拍许多照片，现在顾不得旅途的劳累，快快换上，抓紧拍吧！

到底是五星级酒店，虽然远在密林中，但设施一应俱全，游泳池、温泉、健身房等等都有。我当然离不开健身房了，在宽敞的健身厅内，大镜子里衬出窗外自然的绿色，忍不住又一次 10 秒自拍，拍下一大串瑜伽照片来。

第85天（8月6日）

日出	日落	纬度	经度	水深	船速	气温	水温	风速	气压
5：49	18：29	13.53	90.47W	13.5	停	32	32	4~6	1004

浪漫夜色

夜幕即将降临，丛林里的黄昏与我在任何一个地方度过的黄昏都不一样。

烛光在条形桌台上摇曳，柔和的灯光照着尖尖的屋顶，仿佛诉说着一些久远的故事，本色本位的乡村音乐不时传过耳畔——这样浪漫的夜色，不是在法国，而是在这样的一片热带丛林里……

轻快地走在回房间的路上，灯光从脚边自下而上射来，显得那条小道更加神秘而幽静。舒缓的音乐从你看不见的任何一个角落飘进你的耳朵，我漫步在这小道上，循着声音并未找到声源……

昨天早晨 9 点下船，11 点登上飞机，下午 1 点又是汽车迎接，一天之内，

193

海、陆、空我们都享受了，这样的时刻，一生能有几回？

导游今天说，明天早上我们会听到猴叫，还可能听到虎叫。期待明晨……

第86天（8月7日）

日出	日落	纬度	经度	水深	船速	气温	水温	风速	气压
7：00	19：56	14.30W	94.20	4628	18.0	31	30.7	7~10	1004

探寻玛雅文明

今天早上是鸟儿先叫，还是老虎先吼？当我来到湖边晨练时，各种鸟儿是这边唱来那边和，我没有办法拍出有声音的照片来，但我用摄像机拍摄回放时，幸运的是虎吼的声音被我录了下来。

湖边除了各种鸟儿欢叫，就清清楚楚听到虎吼，声音很遥远，回荡在山谷间。

7：20驱车前往玛雅遗迹公园，导游为我们介绍着这里，每平方千米有1.6万种植物，有120多种哺乳动物，最大的哺乳动物是美洲豹。说到这里，我们都吓了一跳，但导游笑着说，野生动物不会随意出没，更不会随意攻击人类。导游耸耸肩，继续着，除非你碰到它时，正好它饿了。

导游如数家珍：丛林里最小的动物是小山鼠，鸟类有385种之多，97种蛇类，其中还有5种巨毒蛇。我心里想，我宁愿碰到美洲豹，也不要碰到蛇，因为我最怕的动物是蛇！

当我们进入到蒂卡尔丛林公园后，下车开始步行。映入我眼帘最多的是藤连着藤、根连着根的大树，还有藤树交缠的大片树林。

继续往前走着，忽然导游要我们抬头看。哦——高高的树上一群猴子从一棵树跳到另一棵树上面，正在采摘果子吃呢！

导游说，猴子就像孩子一样人来疯，我们在下面兴奋，它们在上面欢叫；我们一欢叫，它们则跳得更欢快了！真说不清是谁在逗谁？

194

今天真是好幸运哦，不一会儿在另一些树上还看见了小浣熊呢！更幸运的是我用摄像机录了很长一段时间。

各种鸟儿不时在树枝头鸣叫，逗引我们。走在蜿蜒的山路上，如果我们禁不住头顶鸟儿的欢叫、猴子的欢跳，脚下一定会踏空。

我第一次听说"玛雅文化"这个词，还是九十年代初期看《正大综艺》的节目。前天幸亏我们领队小唐在我们出发前查找了大量的关于玛雅文化的资料，所以当导游与我们介绍时，我也觉得这一切仿佛似曾相识。

这里有玛雅文明最大的神殿群蒂卡尔遗址，还有西班牙统治时代留下的安提瓜古街道，更有原住民独特的印第安遗址。

将近 4 个小时的丛林徒步，让我对玛雅文化有了一点点粗略的认识。回程路上，疲倦的我们竟躺在座椅上睡着了。当我们到达机场醒来时，才知道刚刚熟睡时，错过了一场热带丛林雨。

留一点遗憾也好，这次来危地马拉看丛林，下次来看林雨！

当地胖导游　　　　　印第安人　　　　　台湾导游小蔡

小贴士

防虫剂　防虫剂就是这一站不可或缺的，踏入这片丛林，记得全身都要涂满防虫剂哟！

墨西哥 Mexico

墨西哥位于北美大陆南部，东濒墨西哥湾和加勒比海，西南临太平洋。这里90%以上为印欧混血种人，其余为印第安人、白人。西班牙语为墨西哥的官方语言。

墨西哥享有"仙人掌之国"的美誉。墨西哥是印第安人古文化中心之一。玛雅人在这里创造了象形文字、历法、农业生产技术和精湛的建筑、雕刻、壁画、彩陶艺术等闻名世界的玛雅文化。

墨西哥也是世界上十大著名旅游国之一。

阿卡普尔科：阿卡普尔科是墨西哥西南部太平洋海岸线上的一个天然良港和旅游城市。阿卡普尔科以其宜人的景色和扣人心弦的悬崖跳水，每年吸引来自国内外的游客，成为墨西哥著名的海滨旅游城市之一。

热带海洋气候的阿卡普尔科有着平静的港湾，细软的白沙和明媚的阳光，椰林摇曳，海风习习，风景宜人。

导读：纵身一跃……那灿烂的瞬间！

第十九站　墨西哥

第 87 天（8 月 8 日）

日出	日落	纬度	经度	水深	船速	气温	水温	风速	气压
7：20	20：11	16.50	99.54W	13	停	32	31.8	4~6	1004

喜迎中国奥运

海上迎奥运

当地时间早晨 7：08 分，北京时间 2008 年 8 月 8 日晚上 8：08 分，举世瞩目的奥运会在中国北京召开，我们远在北美的墨西哥为祖国庆祝。

清晨 6 点多，我们六位中国乘客和翻译小唐一个个电话互相叫醒。在这样隆重的时刻，我总是会穿上我的鲜艳的红旗袍。今天的日出时间是早上 7：20，我们手举国旗、奥运旗面向祖国的方向敬礼！心中无比激动！这是奥运会首次在中国北京召开，想着此时举国上下一片欢腾的情景，我们一个个胸潮澎湃。

马上要下船参观墨西哥阿卡普尔科港口了，令我们没有想到的是在港口大厅等候时在大屏幕上看到了奥运会开幕式。当姚明举着红旗出现时，我们的参观队伍欢呼起来，一致向我们中国客人竖起了大拇指。此时此刻，我们更加以自己是中国人而骄傲和自豪！

第 88 天（8 月 9 日）

日出	日落	纬度	经度	水深	船速	气温	水温	风速	气压
7：20	20：33	18.00	103.16W	2542	16.7	32	31	5~8	1004

要塞之地

我们到达的阿卡普尔科是墨西哥一个美丽的港口城市，它不仅是一座现代化的旅游城市，也是一座历史名城。大巴行驶在港口洁净的街道上，导游的介绍不急不慢，不温不火，告诉你阿卡普尔科不会是一个节奏太快的城市。

我们随团参观了圣地亚哥要塞、历史博物馆。这里曾是西班牙殖民时期修建的防海盗的要塞，整个建筑用石块建成，呈五角形，要塞的顶上四周安放着一门门大炮，要塞的外围是一道几米深的沟。要塞坐落在阿卡普尔科湾的西侧，扼守海湾的入口。

博物馆里陈列的中国古瓷器

博物馆里陈列的中国古代丝织品

中墨两国过去通过大帆船进行的贸易往来曾经持续了约250年。今天在阿卡普尔科历史博物馆里还陈列着许多中国古代精美的瓷器、古钱币、丝织品等。

博物馆通过实物介绍了阿卡普尔科的发展史。在这里我们惊奇地亲历了我们中国古代的物品，如精美的瓷器，做工精细、色彩艳丽的丝绸制品等。原来，这些物品都是由当时被称为"中国之船"的马尼拉大帆船通过"海上丝绸之路"运来的。太平洋上的这条"海上丝绸之路"是16世纪开辟的，它把中国的广州、泉州、澄海等闽粤港口同菲律宾的马尼拉和墨西哥的阿卡普尔科连接在一起。

第二十站　墨西哥

第89天（8月10日）

日出	日落	纬度	经度	水深	船速	气温	水温	风速	气压
7：39	20：41	20.39	105.14W	13	17.3	32	31	1~2	1004

断崖跳水

　　阿卡普尔科最吸引我们的是断崖跳水，是从75米高的地方跳下来，我们是既想看，又为这样的勇敢者捏一把汗！

　　大巴沿着海边山路往上开，我们一直观赏着山下蔚蓝的大海，这是这么多地方以来，海水蓝得最透彻、最绚烂的一个港湾。只见两座对峙的嶙峋峭壁呈U字形矗立在海边，悬崖之间只有一条狭长的海沟。大巴停了下来，无数大巴停靠在这个港湾，原来这里就是断崖跳水的地方。

　　看台上挤满了来自世界各地、肤色不同的游客，海面上也出现了许多漂亮的游艇，这是当地旅游部门专门组织游客从海上赶到这里观看跳水表演的。

　　海浪拍击着绝壁和附近的礁石冲向峡谷，回旋水流又从峡谷中冲出，发出雷鸣般的轰响。旅游旺季每天有5场悬崖跳水表演，除中午一场表演外，其他4场都是夕阳西下之后，最壮观、最刺激的是22：30进行的最后一场表演。

　　十几个穿着泳裤的小伙子正在沿着我们视线前方陡峭的岩壁往上攀登。大约在40米高处站了5位；接着再往上大约50米高处，站了4位；60米高处站了3位；最上面那就应该是75米的地方了，只站着一位。

　　待这群小伙子全部站定，他们向对面的观众（也就是我们）集体摆了一个POSE，所有的观众爆发出热烈的掌声，游艇以它特有的方式发出"嘟——嘟嘟"三声鸣号。接着最下面的5个小伙子开始做起了准备活动，5个人，摆出不同的造型，一个接一个开始跳入水中。不一会，他们灵活的身子从水里钻了出来，观众们热烈地鼓掌。待他们上岸了，从观众中穿行而过，人们纷

纷要求合影，拥抱，竖起大拇指发出一声声由衷的赞叹，第一波就这样结束了。

第二层的4位，他们的难度明显加大了，当第一层的小伙子跳水时，他们依然在做着准备活动；他们以更高难度的动作跳入水中，博得了观众长时间的掌声。接着是第三层……

当只留下最上面一层的那个小伙子时，只见他朝着一个方位膜拜。我感觉，这是保佑他平安，不能出任何差错——陡峭的岩壁，只要有一点差错，性命都要搭上。

小伙子一会儿低头踱步，一会儿抬头望着天，一会儿又虔诚地趴在那里默祷。终于，他定了定神，开始向观众摆手示意了——意思是准备好了。观众爆发出最热烈的、雷鸣般的掌声，随着小伙子一个伸开双臂的"大鹏展翅"的造型，顿时上万的观众又变得鸦雀无声，等待着小伙子起跳的惊险一刻。

起跳了，观众们悬着一颗心，屏住呼吸，小伙子空中一连串的、熟练的翻滚，将所有观众折服了，此刻，脑海中突然迸出两个字——"英雄"！

是的，这种从75米高的地方跳下，良好的身体素质是首要条件，还需要何等的勇气与胆识啊！

赞叹与钦佩油然而生，所有在场的观众爆发出最热烈的、最长时间的掌声！

断崖跳水

这时，所有游艇不约而同地发出"嘟——嘟嘟"的鸣号！

跳崖英雄们——为你们祈祷！为你们祝福！

墨西哥朋友曾说过，到了阿卡普尔科不看断崖跳水，就算不上去过这个海滨城市。断崖跳水是当地人敢于向大自然挑战的勇敢精神的生动体现。阿卡普尔科人就是在向大自然的挑战中推动了当地旅游业的发展，使阿卡普尔科成为墨西哥太平洋海岸一颗璀璨的明珠。

🌏 第 90 天（8 月 11 日）

日出	日落	纬度	经度	水深	船速	气温	水温	风速	气压
7：57	21：11	22.50	101.09W	2835	16.4	27	29.2	8~12	1004

银色沙滩练瑜伽

我问我们的导游阿卡普尔科有没有瑜伽馆，没想到导游就是一位瑜伽爱好者。她告诉我阿卡普尔科有许多瑜伽馆，但只有早上和上午开门，下午和晚上因为太热都不开门，人们在下午和晚上通常都在享受大海和沙滩。

沙滩瑜伽

椰林摇曳，海风习习，在这样明媚的阳光下，你难道不想来享受海滩？

看见了吗？连绵十多千米的海滩上，度假避暑的人们在海水中畅游，驾着摩托艇在海面上疾驰，乘游艇观赏海滨风光，乘坐玻璃底游船观赏海底世界……

看见了吗？足球队在沙滩上踢着足球，这种沙滩足球可是光着脚踢的哟！

夜幕降临，海边慢慢安静下里，只有海浪翻卷的声音；而大街上却车水马龙，五彩缤纷的灯光把整个城市装扮得绚烂多姿。你呢？快快和我一起来享受沙滩瑜伽吧！

🌏 第 91 天（8 月 12 日）

日出	日落	纬度	经度	水深	船速	气温	水温	风速	气压
8：15	21：40	27.50	116.09W	3512	停	21	23	15~20	1005

瓦利亚塔港

朝霞如火般照透了天际，椰林摇曳，海鸥飞翔，远处山峦叠嶂……邮轮今天临时停靠在墨西哥的瓦利亚塔港添加淡水，又给予我们一个计划外的港口参观。

早晨4点抵港，下午1点离港。下船参观的时间给了我们4个小时。原本想一个人就在海港边拍拍照，哪儿都不去了，但周先生又客气地包车领着我们一行市内观光半日游。

好运气总是一个接一个的，今天碰上的司机又特别本城、热情、可爱。车开得极慢，老周告诉司机邮轮是临时靠港加水时，你猜猜司机怎么说？

"你们在瓦利亚塔港可以加到墨西哥最好的水呀！"

"是吗！"我们也跟着司机开心起来，听到这样的赞美，你不觉得那水一定是最甜的了吗！今天的游玩也一定会增值！

我们又告诉司机：因为是临时靠港加水，所以我们参观瓦利亚塔港也是计划之外的。

猜猜司机又怎么回答，司机说："你们真是太幸运了！来墨西哥，如果不到瓦利亚塔港，会感到遗憾的！"

看着这位可爱的司机，我们笑说如果我们是瓦利亚塔市长，一定给他颁发"最佳市民"奖！

司机高兴得满脸是笑，爽朗、真诚地与我们详尽介绍起来。

瓦利亚塔港是墨西哥一个美丽的观光港口，人口只有50万，主要产业为旅游业。当车沿着海岸线往上走时，司机告诉我们，许多海边城市只看到海水，而这里是一面临水，一面环山，所以我们的车一直行驶在青山蓝水之间。

海边许多漂亮的房子，有独栋别墅，也有连排别墅，更多的则是供游人度假的酒店！司机告诉我们许多加利福尼亚州的人喜欢来这里度假，享受如画的瓦利亚塔港美丽的海滩。

海边铜塑

司机开一段就停下来让我们下车观光，当其他几位朋友都去教堂参观时，我一个人在沙滩上迈着步，坐在礁石上望着海水发着呆……

这几个月来，我不是住在水边，而是住在水中央啊……

司机没有说错，来墨西哥如果不来瓦利亚塔港你会遗憾，今天果真不虚此行！——所有的朋友都借司机吉言玩得非常开心！

谢谢司机，谢谢老周！

第 92 天（8 月 13 日）

日出	日落	纬度	经度	水深	船速	气温	水温	风速	气压
7：30	21：09	23.37	121.03W	3109	16.9	16	18	14~18	1005

晨练瑜伽十分钟

昨晚在船头吹风时，ZONE 与男友散步，遇见我，高兴地说："明天我上甲板和你一起练习瑜伽？"

我说："好啊，能不能起得来？"

ZONE 笑着说："我尽量吧！"

今天早上在甲板压腿、弯腰，时间超过了，ZONE 没有来。

晨练

离到达温哥华的时间还有 5 天，预计 16 号抵达，为你介绍一下晨练的好处吧！

晨练是一种习惯，如果我不是幼时养成了这种好习惯，现在也许不会天天这样像需要吃早餐一样必须练功。

大约从小学一年级起，就开始每天早上早早起，直到如今 N 多年过去了，我仍保持着这种习惯，很多人羡慕不已，其实从现在开始，你也一样可以做到。

我经常被身边的朋友问到："您早上练功吗？"我的回答是："练，每天

早上练。"他们会接着问:"您哪来那么多时间?"我会告诉他:"早起十分钟,一切都好办。而且可以肯定,这早起锻炼的十分钟,身体抻开了,一天你都会精神倍增,工作效率更会提高!

不需任何器械,用不着去健身房挥汗如雨,不需要私人教练,没有任何损伤,你一定会感兴趣的。看着你在运动,家人也会受到感染的。

当我们早上从床上爬起来时,体内的新陈代谢水平处于一天中低迷的状态,而睡着的时候新陈代谢水平最低。当我们进行锻炼后,新陈代谢水平立即就提高了。因此,若能坚持早上进行锻炼,就能够让我们的身体处于自然最低点时的新陈代谢水平大大提高,这是生理上的最低状态,医学术语叫做"基础代谢"。提高了基础代谢水平,我们就可以消耗更多的体内脂肪。所以说早上的锻炼对于要减脂肪的朋友更为合适。

实际上,早上也是大多数人唯一可以自由支配的时间。过了早上,各种事务接踵而至,我们的时间完全不属于自己了。爱人、孩子、朋友、工作都需要我们付出时间,都有可能随时打断我们的日程安排。有时我们计划午后去健身房做做瑜伽,结果,正好又要开会。我们可能想晚上再锻炼一个小时,结果晚上朋友的PARTY又邀请你去参加。等到一天过完了,回到家,累得全身乏力,倒头便睡了,哪还顾得上锻炼呢。

ZONE真的没有来,肯定是睡懒觉了。看看,想锻炼就是这样,一定要坚持!

第93天(8月14日)

日出	日落	纬度	经度	水深	船速	气温	水温	风速	气压
7:31	21:25	39.32	123.37W	2540	16.0	14	15	20~25	1004

旅途练习

经常出门在外的朋友,一定有经验了,旅途是如何劳累,肌肉如何酸胀。身体得不到应有的伸展,当然不会舒服啦!学一点点旅途中的练习,打造你的愉快之旅吧！

现在我们在船上，偶尔没有瑜伽课时，他们会看见我在船舷边就着躺椅或者靠背椅随时练习。乘坐任何交通工具，以我们身边现有的工具为道具，只要身体能伸展开，我们都有办法可以锻炼的。

在飞机上：只要超过2小时以上的飞行，我们在下飞机时，都会有腿部发胀、全身肌肉很紧的感觉，因为飞机上空间实在太小，哪怕是头等舱也远不如自家舒适呀！有时屏幕上空姐会带我们伸展一下身体，但多数时候没有。我们可以自己活动一下腿部、足部。两手扶着扶手或者前面的椅子背，扩展一下胸背部。

每一位朋友都会觉得原来锻炼就在我们身边，无需任何专业场所，无需任何大段时间，健康就在我们身边。

🌏 第94天（8月15日）

日出	日落	纬度	经度	水深	船速	气温	水温	风速	气压
6：22	20：28	46.10	125.14W	1620	16.2	17	17	22~25	1008

演出排练

上午，船摇晃得很厉害，风实在太大，连续五天船都在逆风中行驶。

前往温哥华途中每天要排练，船的摇晃给我们的瑜伽、舞蹈的排练带来极大的不便。本来平衡的动作对很多人来说，在陆地上就不是那么简单，现在，船上走路、站立都摇摇摆摆，我们的排练可想而知有多困难了。不过，大家一想到以后这种机会太难得了，于是继续迎着困难而上。

下午"日中文化交流会"召开第4次会议（日方真的太隆重了），我们几位主要负责人围坐在"和平之船"中心，边开会议，边为18号的演出作各种准备。

加拿大 Canada

　　加拿大位于北美洲北部，东濒大西洋，西临太平洋，北滨北冰洋。面积 998.5 万平方千米，人口 3166 万，外来移民及其后裔占总人口的 97%。居民多信奉天主教和基督教。英语和法语同为官方语言。

　　加拿大地势呈西高东低状，河流湖泊众多。森林资源丰富，枫林遍及全国，有"枫叶之国"的誉称。

　　加拿大经济高度发达。工业自动化、电气化和现代化水平居世界前列。加拿大以独特的北国风光吸引着众多游客，是国际游客最多的旅游大国之一。

　　主要名胜古迹哈利法克斯城堡，是北美最大的石头要塞之一；加拿大国家塔（多伦多），是世界上最高的电视台，站在塔顶"空间瞭望台上"可饱览安大略湖和多伦多城的湖光美景；锡格纳尔山，站在山上可鸟瞰圣约翰斯堡全景，中午可以听到延传一个世纪的午炮轰鸣声；尼亚加拉大瀑布，位于加美两国之间的尼亚加拉河中段，境内瀑布形似马蹄，三面瀑布构成雄伟壮观的奇景。瀑布所在风景区名胜景点众多，有塔夫林千岛公园、岩石

公园、维多利亚女王公园和玫瑰园等。

蒙特利尔法裔居民占 80% 以上，是除法国巴黎外世界上那个最大的法语城市，固有"小巴黎"之誉，市内有北美规模最大的教堂——圣母教堂；艾伯塔省恐龙公园，有石柱、孤峰及彩色岩层等奇异景观和几乎所有已知种类的恐龙化石，此公园和纳汉尼国家公园、伍德布法罗国家公园、加拿大落基山公园、野牛跳崖处、安东尼岛、梅多斯湾历史公园、格罗莫讷国家公园等一起列入世界遗产名录。

此外，名胜还有著名花园城市维多利亚、避暑胜地夏洛特敦、白求恩故乡格雷文赫斯特等。

首都渥太华是全国政治、经济、文化和交通中心，著名河港。

主要节日有：冬季狂欢节、郁金香节、淘金节等。

温哥华：温哥华位于加拿大南端，是一座美丽的海滨城市。她三面环山，一面傍海。虽处于和中国黑龙江省相近的高纬度，但南面受太平洋季风和暖流影响，东北部有纵贯北美大陆的落基山作屏障，终年气候温和、湿润，环境宜人，多次被评选为全球最宜居城市，是加拿大著名的旅游胜地。

落基山脉蜿蜒起伏，温哥华便是进入落基山脉的大门。城中街道宁静安逸，有着多民族的多元化气质。

导读：去温哥华吧，我们一起做瑜伽……

第二十一站　加拿大

 ## 第 95 天（8 月 16 日）

从墨西哥北上，我们要进入下一站加拿大——温哥华。

加拿大位于北美洲北部，东瀕大西洋，西临太平洋，北滨北冰洋。

加拿大整个地势西高东低。河流湖泊众多，森林资源极其丰富，枫林遍及全国，有"枫叶之国"的誉称，枫树即是加拿大的国树。我们一踏上这块国土就感受到了，商店里处处都会有带枫叶的纪念品出售，枫叶胸针、枫叶贴画等等。今天，我们每到一地购物之后，都会有枫叶纪念品送给我们。

温哥华真不是一个快节奏的地方，这里气候舒爽，难怪我很多朋友喜欢来这里度假，还有几位好友定居在温哥华。

在温哥华，人们生活恬静、闲适，今天，我们第一个游览项目是车窗观光斯坦利公园，就见识到了这一点。公园内有单人自行车、双人自行车供游人游历时代步，非常方便。

接着坐空中缆车登上落基山脉的大门，从这里开始进入落基山。来到山顶，这里游人如织。一些年轻人在山顶进行着各种各样的体育运动，人们还可以坐小飞机俯瞰落基山呢！由于时间关系，我们就不能乘坐小飞机了，算是一点小小的遗憾吧。

提着胆子过吊桥

我没有想到今天在这里，在我没有任何思想准备下，和着大部队一起走过了一座长长的吊桥，如果首先告诉我有这个项目，我决不会考虑过吊桥的。现在没有提前打预防针，就混在这大部队里，不知不觉就进入到吊桥中央，就是后悔也来不及了。

说也奇怪吧！望着下面万丈沟壑，心虽然蹦蹦跳得厉害，但因为前后挤满了人，看得见的是人桥，而不是吊桥，所以好像并没有想象中的那种恐惧。但如果是我一个人独行，那是绝对没有这个胆量的。

走过了吊桥，来到另一头参观、游历，头顶高高的大树形成巨大的天然屏障，将阳光挡在外面，坐在条椅上休息，一只长着长长尾巴的小松鼠快乐的、悠闲的在游人面前窜来跳去，一会儿又穿进树林里，有趣极了……

大部队又要集合了，哦——原来是刚才走了过来，现在要原路返回去。

有了上一次的经验，我也不怕了，仿佛瞬间胆子练大了。走在回来的路上，一会儿抬头看看天，一会儿低头看看沟壑，一点也没有害怕的迹象。

提着胆子过吊桥

桥边的乐队

下次再要我过吊桥，一点问题也没有啦！

刚刚过完吊桥，一支乐队正在一旁演奏悠扬的音乐，是欢迎我们回来吗？不得而知！

第 96 天（8 月 17 日）

日出	日落	纬度	经度	水深	船速	气温	水温	风速	气压
6：15	20：50	43.38	125.38W	70	18.3	15	11	8~12	1002

演出前的最后准备

"范妹妹呀，你明天的舞台形象一定要特别漂亮哦！"凤姐来到我房间，询问我明天演出的行头准备得怎么样了。

将演出服——亮在床上给凤姐过目。

"你的首饰呢？"

"没有啊，我不喜欢戴首饰的。"我边笑边一件件摆弄演出的服装。

"这是舞台啊，平常可以不带，演出可得带哟！"凤姐很认真。

"那也没有，没关系啦，从来都这样。"我望着凤姐笑。

"我回房去看看我带了些什么上船，给你拿一些下来吧！"凤姐起身要走。

凤姐与我

来自台湾的凤姐与我性格相投，上船不久便与我成了好姐妹，常会来房间与我聊天，有时我们也电话邀约围着船舷一起散步，或者坐在船头吹海风，赏日落，观海鸥。

凤姐温婉的性格让我好喜欢，好依赖她。

"这是耳环，看看，戴哪一副最好看？"凤姐拿下来一包东西，一件件

打开着。

　　一个首饰盒内装着几对耳环，心里顿时发起麻来。害怕戴耳环，自己没有耳洞是因为痛神经过于敏感，胆量不够。我看见过一些女孩甚至男孩耳朵上戴好几个耳环耳钉，我就会打颤，仿佛是自己的耳朵穿了洞似的。

　　摸了摸我的耳根，"来，这两副是螺丝的，松紧可以自由调节，试试！"凤姐开始给我戴耳环。

　　"舞台妆脸上的粉与平常不一样，来，这个粉擦上会让你皮肤显得透亮……"凤姐真是不厌其烦，耐心地给我涂抹着，平日只化点淡妆的我，对这些东西没有很浓的兴趣，淡妆多好，我一直忘不了少女时期读过的关于"昭君出塞"时的那句描写：我淡淡妆，天然样，就是这样一个汉家姑娘。

　　"好啦！舞台不一样，姐姐是为了你更漂亮，给中国人撑面子，漂亮一点不是更好吗？"

　　抹完了脸上，凤姐又给我涂抹手臂，完了，站得离我远一点："看看，多漂亮！"凤姐开心得像个孩子，"明天下午我过来就这样给你化妆吧！"

　　是的，凤姐讲得有道理！在国内，你可是说你来自哪个省份；而在国外，你代表着的是中国，给中国人撑面子！

第97天（8月18日）

日出	日落	纬度	经度	水深	船速	气温	水温	风速	气压
5：38	20：22	53.29	133.24W	2415	12.8	14	14	7~10	1000

日中文化交流会

　　筹备了一个多月时间的日中文化交流会，今天终于由瑜伽表演开始拉开了帷幕！

　　翻译小唐和一位日本女孩当司仪，热情洋溢地用中日文相互翻译，集体舞《阿里山的姑娘》原本跳得就不一般，加上后排有一位姑娘是一男子装扮，

阿里山的姑娘　　　　　　　　　　　　老周的"饿马摇铃"

更加赢得了全场热烈的喝彩与掌声！

　　周夫人一直笑先生老周还是年轻时拉过的二胡，就不要在船上献丑了。可是咱们这对周氏夫妇一直像一对老顽童，我们都知道老两口几十年你恩我爱谁也离不开谁，嘴上却整天争来斗去，让我们笑个开怀！

　　你不让我演奏是吧？我还偏要上台演奏呢！老周管不了那么多。正因为在国内多年忙于自己庞大的企业，丢了几十年的爱好，趁着这次万里航行这样的悠闲时光，重拾旧日情怀，多难得的机会呀！

　　还是基本功扎实，只练了几次，老周的二胡表演就发挥到超常水平。这里不得不提一个小笑话，当时老周节目后面是日本一位青年的抖空竹表演，眼看着老周的《饿马摇铃》马上就要结束，还不见那青年的身影出现，怎么办？这时热烈的掌声响了起来，老周的演奏已经完毕。

　　"周先生演奏的好不好？"主持人高喊。

　　"好！"下面掌声更加热烈。

　　"那我们请周先生再演奏一曲怎么样？"主持人真是急中生智。

　　于是周先生在热烈的掌声中演奏了第二支曲目。

　　趁着周先生演奏第二支曲目，工作人员急匆匆跑到那青年的房间去寻找，原来他还在床上蒙头大睡呢！

　　还好这是在一艘游轮上，匆匆几步就可以赶到演出现场，青年是没有耽误抖空竹表演，更妙的是周先生不仅演奏了二胡，而且还演奏了两支曲目，真叫过瘾！

　　先生露了面，太太也不甘示弱了！

　　可爱的周太太在我们的"糖衣炮弹、软硬兼施"下，也来一起排练中日文对唱《在那遥远的地方》。特别是今天的演出，这位平常着装只讲究舒适与简单的关大姐，也难得的全副武装，着上旗袍、披肩和高跟鞋了！这样的着装舒不舒服也只有关姐自己才能知晓，总之，今天的关姐很是让我们觉得非要提出隆重表扬了！

　　其中还有太极拳、太极剑等等表演，我得回房间换服装、补妆，很遗憾的没有看到，更遗憾的是连照片也没有拍到。

　　我是喜欢舞台的，一支独舞《沂蒙颂》从台上跳到了台下，追光灯跟着打在身上，这是从未有过的感觉，感觉像梦想多年的邓丽君演唱会来临……真是兴奋极了，有了这样的好心情，投入下一个节目，我最拿手的《夜来香》，那不是又锦上添花了吗？闪光灯、聚光灯不断在身上闪耀，真的想一直就这样唱下去！

　　夜来香，夜来香，夜来香……

沂蒙颂

夜来香

 第98天（8月19日）

累倒了

　　"范先生，外面有鲸鱼，大家都在看，我在甲板上不见你，怎么——你还在房间？"

　　"啊，我在睡觉呀，这几天太累了。"我无力地说，什么都不能提起我的兴趣来，几天来的排练、演出、下船参观，让我体力极度透支。

"别躺了，快起来，接下来有的是时间给你躺的。"久井法子在电话里喊。

"好吧……"心里实在不情愿。

"快，鲸鱼会等你起来的……"久井法子继续着。

啊，披着棉袄上得甲板来，船的两边，鲸鱼在喷水，好有意思，风刮得嗖嗖叫，一会儿鲸鱼尾巴又出来了。

彩虹

"好开心啊，幸亏上来了。"心里对自己说。

这里是阿拉斯加冰川，两边山顶上被积雪覆盖，山中央往下却是郁郁葱葱的树木。

一会儿，眼睛又打架了，依然回房睡觉了——睡觉多幸福呀！在大船这只摇篮里。

"范老师，你还在房间呀？快出来，船右边的积雪上有一块蓝色的冰层，快去拍！"翻译小唐在电话中喊起来了。

"啊，我在午休呢。"也不知几点了，甜甜的就这样睡着。

"别错过了，快起来去吧！"拍照也是我的爱好之一，所以小唐总会记得叫我。

啊，高高的山上，一大块蓝色的冰覆盖在白白的积雪上，甲板上围了那么多人，都在拍着那块漂亮的冰，白的雪、蓝的冰、青的山、绿的水，真是美景一片。

拍完照、回到房间，倒头又睡……

"Jean，有彩虹哦，外面好美呀，快快来！"怎么回事，今天热线呀……

还好啦，该看的阿拉斯加冰川没有错过，鲸鱼也等了我，蓝色的冰层我也拍到了，还有美妙的彩虹，也美美地睡了一天，放松了。

接下来连着三天都会在阿拉斯加冰川附近，听说途中会美不胜收哟！

🌍 第99天（8月20日）

邮轮大聚会

　　久违的太阳再次照在甲板上，船又一次停靠在计划之外的阿拉斯加的一个小港口（请原谅，我没有弄清楚名称）。很多人觉得自从船出故障在纽约被扣以后，就仿佛祸不单行似的，这里停停，那里靠靠。于我而言，这种得来全不费工夫的游览之地，让我们不多花一分钱的情况下，多游历了几个地方，实属幸运！

　　凡事就是这样，你朝好的方面想，它会是一种好的结果，一旦你朝不好的方面想，那就会越想越糟糕。

　　跑到甲板上看风景，许多乘客已经聚在甲板晒太阳、聊天了！

　　回到房间拿上本子和笔，恶补这几天忙碌中落下的文字。被山水包围在中间的"和平之船"，和其他五艘豪华邮轮一起，密密地停靠在这美丽的小港湾。

　　广东的老周夫妇，到底见多识广，在我旁边笑着说，这是一次邮轮大聚会啊，这么多的邮轮同一时间停靠在这么小的一个港口，真是罕见啊！

　　搬一张咖啡椅，坐在船舷边，暖阳从头顶照下来，享受至极！

　　风儿吹动着发丝，周围的一切显得那么祥和、宁静。

　　天——高高的；云——淡淡的；山——青青的；水——绿绿的；心里——美美的……

　　听不懂的语言从四周不断传来，正是因为不懂，所以它们随风而去，我——没有受到任何影响，依然沉浸在我的思绪当中……

第二十二站　美国

第100天（8月21日）

日出	日落	纬度	经度	水深	船速	气温	水温	风速	气压
5：01	9：10	58.34	140.29W	1138	16.6	14	13	4~6	999

基奈峡湾游历

　　上午3点邮轮停靠在美国施沃德码头，我们今天的路线是换乘小游艇游历基奈峡湾，看寒带动物及亿年冰河。

　　阿拉斯加远远近近的山上都被积雪覆盖着。一批批游客缓缓下船，由大巴接往各自的游览路线。

　　我们一行来到小游艇停泊位，白雪覆盖的山顶倒映在如镜的水面中，几百只白色的小游艇停泊在水面上，与远处白雪覆盖的山顶相映成辉。

　　一条长长的走道由岸上连到水中央，人们就可以从岸上上到小游艇上。我们几十个人排着队缓缓过来了，由一千多人的大船下来登上了只能容几十人的小船，这也是沿途中的第三次了，第一次是在新加坡，第二次是在挪威。

　　小游艇上有笑容可掬的老船长、还有一男一女两位辛勤的服务员。

　　小游艇沿着曲折的海岸线前行，远处山峦叠嶂、雾气蒙蒙，船舱外裹着羽绒服还冻得发抖，回到舱内却是暖意如春。

　　这条乘坐着我们几十人的小游艇忽而像离弦的箭一般"唰——"地往前直冲，我们正好坐在后面，就看那被激起的千层浪花美丽的翻卷着；而当靠近观赏点的时候游艇又以最迅速的速度减速优哉哉慢慢前行，导游知蓉在广播里激动地喊这边鲸鱼出现、海豚跳跃；一会儿又大声地叫，岸上树枝上停落着一只老鹰。我们跟着知蓉

我、老船长、知蓉

215

的呼喊目不暇接地看完这边望那边，任凭雨水飘打在身上，也全然顾不得那么多了。

　　海鸥在海面飞翔、海鸟在鸣叫。据资料介绍，这里的海鸟有三十多种，我们今天也见识了其中的几种，拍得最清楚的是烈焰红唇的火烈鸟，当它扑闪着翅膀的时候是所有鸟中最快的，所以落在水面一下就被我们认了出来。

　　一群海豹出现在远远的礁石上，游艇慢慢靠近，让所有游客能近距离仔细观赏，这些寒带动物并不怕人，还对着我们的照相机、摄像机摆出各种POSE 呢！海鸟一群群漫天飞翔，一会儿群落在礁石上。

　　大自然环境的丰富多彩是阿拉斯加最大的亮点，我们不时还会看到其他

海豹摆 POSE

栖落在礁石上的海鸟

游艇从我们旁边经过，有些是在这里垂钓，有些与我们一样是观光游览，我们互为风景、相互拍摄，友好地挥手招呼。六只彩色的皮筏艇慢慢从我们船边驶过，他们亦如海豹、海豚一般同样吸引着我们。

　　游艇慢慢靠近一个巨大的水蓝色的冰河前，不知是为这亿万年形成的冰河所震撼，还是其他什么原因，顿时游艇上变得一片寂静。

　　人们有序地站在甲板上，鸦雀无声地观望着眼前这庞大的冰河。

　　忽然，冰河中发出巨大的声响，好似打雷，眼看着最外层的一根极粗的冰柱顷刻倒塌，接着我们每隔几分钟便听到里面会响炸雷一样，"咔咔"响，船长告诉我们那是冰河内部的断裂。

　　感觉好心疼，上亿年的冰河这样慢慢炸开，再逐渐倒塌，若要再形成，又要多少个亿年啊，人们多么希望它们一直就这样保存完好啊！

　　拍照拍得手都冻僵了，进得船舱来，一杯热气腾腾的咖啡端上手，顿时觉得全身暖洋洋起来。

辛勤的服务员送来了丰盛的午餐，有面包、咖啡、水果等等。其实每一个游览点的银子都是出发前已经付过了的，所以现在吃水果免费、喝咖啡免单，让我们感觉占了大便宜似的，爽极了！

何年何月才能再专程来阿拉斯加看这些寒带动物啊，所以实在是想撑着眼睛告诉自己不要犯困啊！连着喝了几杯"免费"咖啡，可也无法驱走我的忠心耿耿的瞌睡虫，我只有裹在厚厚的羽绒服里奢侈地打个几分钟的盹了！

船窗外忽而细雨蒙蒙、忽而又大雨滂沱，但一会儿又什么也不下，今天一丝阳光也没有给我们。几个小时的游览，不断变化的天气，让我感觉，冰川、冰河也只有这样的气候才能保存；海豹、海狮也只有这样的环境才能生存啊！

"今天真是大满足！"只听见旁边的朋友开心的大叫。连日来忧忧郁郁的凤姐今天脸上笑得如花般灿烂："哎呀，要我再在船上多待五天也值得啊！"

当然值得啦！因为平常很难得专门来阿拉斯加一趟看冰川，今天看到了老鹰、多种鸟类，还有海狮、海豹、海狗等等，收获当然是太大了！

第101天（8月22日）

二伯的中餐馆

"嘿，小唐，阿拉斯加的蟹世界著名哦，想办法找一家有阿拉斯加蟹的中餐馆，我们大家去品尝一下，机会难得哟！"戴着从冰岛买来的冬皮帽的周先生喊着翻译小唐。

每到一站总会带我们去寻找中餐馆的周氏夫妇，再次邀请我们全体中国乘客及两位随船导游（日本的知蓉和美国的本杰明，都能讲很好的中文）吃中餐，世界各地都遍布着我们的中餐馆——中国美食世界第一啊！

其实最初周氏夫妇一路走来一直想吃帝王蟹，周太太可爱得很，总会深情并茂的告诉我们："那个帝王蟹个那么大哟，好吃呀，啧啧……"令我们一个个听得直咽口水。

咿，"北京饭店"——远远地，一个古朴的、京味的红屋子，门口立着一个大大的京味的门牌,中英文写着"北京"二字。一行人满怀希望地闯了进去，结果落空而出，原因——不仅没有让我们垂涎的阿拉斯加蟹，就是里面连会说中国话的都没有，简直就是冒牌。这时倒是门口一丛漂亮的花吸引住了我们的脚步。

"你们知不知道这是什么花呀？"周先生问我们，回头望着周先生，我们都摇头。

——"罂粟花！制作毒品原料的罂粟花！"周太太告诉我们。

——这就是罂粟花，我们惊呆了！可恶的毒品却来自于如此美丽的花朵……哎，此时不容我们想得太多，让这些美丽与哀愁飘然而过吧！

我们继续往前找寻，中餐馆还真是不少，碰见的同胞也不少。功夫有时是会负有心人的，可没有辜负我们的一片赤诚之心，热情的中国同胞指给了我们一家高水平的能吃到阿拉斯加蟹的地方！

这一家餐馆——台湾同胞二伯开的中餐馆！你看看，这两只红红的大蟹，不一会儿就着葡萄美酒一起将我们每个人的肚子填装得鼓鼓的！

"谢谢你，给了我们这么美好的一顿！"本杰明对着桌上吃完的蟹壳双手合十，我们正乐得低头暗笑，店老板——台湾二伯出来了："希望今天给你们留下了美好的回忆！"

"谢谢你,谢谢你！好啊！"周先生礼貌地举起葡萄酒杯，敬了二伯一口，由衷地竖起大拇指"Very good，Very good！"

是啊！在这么偏远的地方，遇到我们的同胞，吃到这么好的阿拉斯加蟹，当然留下美好的回忆啦！

出得门来已近九点，但天色依然亮堂，我们真叫酒足饭饱心舒畅啊，边走边等出租车，慢慢悠悠边走边等，走了十分钟，没有，旁边出现一个教堂；再慢悠悠边走，边又等，又过去了一个十分钟，没有；半个小时了，依然没有，又看见不远处两个教堂；已经快到港口了，和平号也在向我们招手了，仍然没有出租车的影子。无怪本杰明来上一句标准的中文："哎呀，这里教堂比出租车多！"

我一路拍一路观望，路边被鲜花、花坛簇拥的房屋是我梦中最期盼的，应该也是很多女孩对家的梦想之地吧；一条公路放眼过去就是大海，海那边就是山，山上覆盖着积雪，一层薄云轻轻的飘荡，我站在路中间，眼前的一切仿佛定格……也不知过了多久，我回过头来，一辆汽车在离我不远处的地方停着，看到自己站在公路中间，很窘地双手合十表示对不起，但司机笑着很友好地对我做了一个继续拍摄的手势。这哪能啊，我也笑着向他点头，表示不拍了，他先过去。望着缓缓从我身边驶过的汽车，心里涌出莫名的感动。身上的寒冷，一下子被司机的礼让温暖起来，心暖了，身体也暖了。昂首挺胸向前追赶队伍，忽然发现这座小城竟没有红绿灯，路上车辆本来就稀少，汽车每到路口都是远远地等行人先过。突然想到，红绿灯也好、规章制度也好，如果根植到了人们心里，那么，悬挂在路口，或者贴在公司的白墙上也只是一个形式罢了。

老周、本杰明、周夫人、知蓉

　　我们看了那么多寒带动物，对于这样一座只有五千人的小城，路上行人稀少，一路回来没有碰到其他人，我们周太太献上一句："阿拉斯加动物比人多哦！"

　　真是堪称经典！

🌍 第 102 天（8 月 23 日）

祝你生日快乐

　　今天久井法子过生日，晚上大家一起庆祝。在船上过生日的乘客其实好幸运哦，船方都送上一个写好你名字的生日蛋糕，还有乐队来为你唱生日快乐歌！乐队其实就是餐厅的服务员。不过真不要小看了他们，许多乐器他们都弹奏得非常专业，唱歌的水准也非同一般。

　　我 7 月 3 日生日那天正好在冰岛，所以我就和咱们中国朋友在冰岛度过

了，当时周先生请客去了冰吧，我就请大家吃了一顿中国菜，当然也是别有风味，难以忘怀！

船上一千多名乘客，同一天过生日的，有时一个人，有时两三个人，生日快乐歌从这桌唱到那桌，乐队忙得不亦乐乎，大家就端着酒杯，敬完这桌敬那桌，体验这种别样的生日祝福！

生日快乐

第103天（8月24日）

独步施沃德

昨晚生日晚宴后与法子及另外一位瑜伽学员商定好今天上午9点乘坐三个人的小飞机，从飞机上俯瞰冰川，所以一大早三个人兴冲冲下船赶往码头。

那是在危地马拉时，我们要乘坐小飞机去热带丛林中的玛雅遗址，我们兴高采烈的等待心里想象的像直升机一样的小飞机来迎接我们，结果不是，还是能坐二十人左右的中型飞机，所以，从那时候开始，在此次航程中，只要哪里还能乘坐到像直升机或战斗机一样的小飞机，就成了存在于我们心中的一个不算太遥远的梦想。

来到服务台一问工作人员，所有小飞机被早上停泊在这个港口的另外一条船上的游客全包满了。真是应验了：早起的鸟儿有虫吃！

法子和瑜伽学员改变计划去水族馆，问我去不去？我北京的家在南三里屯，附近一家海底世界我都没有去过，现在更懒得去什么水族馆了。

告别法子和另外那位瑜伽学员，一个人又回到船上。大家都笑吟吟地往舱外走，我一个人郁闷的回来，"待在房间又是写一天文字，弄得腰酸背疼的，等开船了再慢慢写吧，停在这里还是该出去走走才对！"心里为自己找出门的理由。

划上 ID 卡又走出船舱，我们的 ID 卡进出船门都有工作人员电脑管理，无论工作人员还是乘客，多少人外出，多少人进来，清清楚楚。

一个人漫无目的地走在路上，远远的寥寥几个人都是早上停泊的那条船和我们这条船，两条船上的乘客。

路边一只大鸟在浅水里洗澡、玩耍，一会儿抖掉身上的水又高飞起来。

大海鸥从海面飞到附近的屋顶上、木桩上……

一条街道上，几乎就没有本地人出现，只是我们这些游客。小小的一座城，一切显得那么宁静。

懒懒散散往回荡，一路安安静静，人烟稀少，隔了很远才见藏在林中的偶尔的一幢彩色小屋，感叹住在此处，神仙也不过如此罢了。

"hi--"一个头戴红帽的日本女孩足登速滑靴向我打招呼，她竟能在这种高低不平的石头路上如履平川，真让我又是开了眼界！

港口速滑的女孩

🌍 第 104 天（8 月 25 日）

日出	日落	纬度	经度	水深	船速	气温	水温	风速	气压
6：27	21：10	61.04	147.58W	185	16.8	12	13	2~3	994

卡奈基峡湾

这个本应该已经回到横滨的日子，我们却还在寒冷刺骨的美国阿拉斯加境内。

一大早醒来，将手贴在玻璃窗上，冰冰凉凉的。想起昨天下午有一点儿太阳时，房间是多么温暖啊，让我一时想起北京冬日的暖阳了。

继续做早上的功课，凛冽的寒风毫不疼人地吹在人们身上，旁边的人们

穿着大棉袄还缩成一团，过来见到我的人都说"samoyi！ samoyi！（日语：好冷）"我笑笑，示意我在锻炼，没有关系。

匆匆忙忙吃过午饭，裹上羽绒服去甲板。还真是"太冷了"，不停地打寒颤，回房间又加裤子、加袜子，再披上厚围巾，裹成北极熊一样出来了，已顾不上美丽，只要不冻人，甲板上每个人都捂得严严实实，成了一群北极熊。

总共约莫一个小时，经过了三条大大的冰河，而最后看到的、也是最宽的，是船的正前方的、位于两座山中间的超大冰河，挡住了我们的去路。冰河后面还是冰河，昨天如果有幸乘坐了小飞机俯瞰地面，那么就知道那后面到底有多远，现在是无缘去识庐山真面目了！

站在亿年冰河前

如那天我们参观基奈峡湾看霍尔德盖伊特冰川一样，这个大大的冰河，依然每隔几分钟就能听到里面发出巨大的炸雷般的响声。

船在冰河前停留约十分钟，人们站在这亿年形成的冰河前，为大自然的鬼斧神工所震撼。随后开始缓缓掉转船头，船与漂在水面的浮冰不时相撞，发出"咔嚓、咔嚓"清脆的响声，很是动听。

太阳怕冷，整日没有露面，拍出来的照片就只能是朦胧美了。如果要在这里拍出好片子，应该呆到有太阳的日子，冰面及水面的颜色不一样，日照的颜色不一样，日落的颜色又会完全不同。

🌏 第 105 天（8 月 26 日）

日出	日落	纬度	经度	水深	船速	气温	水温	风速	气压
6：47	21：29	57.29	151.50W	70	16.5	14	12	3~5	995

茶室

　　我对茶文化没有研究，我有一位曾经学习过舞蹈的学生表演茶道堪称一绝。以前在北京七彩云南工作，学了瑜伽后，离开了那里。

喝完茶后合影

　　船上的"和室"，其实也就是茶室，常常见人在那里喝茶。

　　下午，翻译小唐打来电话，说有十几位日本朋友想邀请两位中国客人一起去茶室喝喝茶，问我去不去？我欣然应允。只有几天就要分别了，接到邀请，不要拒绝的好。于是和小唐一起来到了六楼后面的茶室。

　　当我和小唐进去时，里面十几个人已经围成一圈，大家欢叫起来，显得非常开心！他们对我相当尊敬，日本人尊师是世界有名的。他们先问了我一些关于瑜伽的问题，接着说我们可以聊一些瑜伽之外的话题吗？

　　当然可以，我笑着对翻译小唐。

　　他们问我会不会做饭？

　　我说我是中国南方女孩，南方女孩都很能干的，肯定会做饭。

　　他们又问中国的饺子，中国的茶。

　　我说我每天喝咖啡，很少喝茶。

　　他们又问我，船上的饮食习不习惯？

　　我说，我从不挑食，所以到哪里吃都不是问题。

　　小唐，北方人，给他们讲了饺子的种类、做法等等，让这些日本朋友听得一会儿"哦—"，一会儿又"啊—"，一个个睁大着眼睛，全日文版的，我一句也没有听懂，只是跟着一起笑笑罢了。

🌏 第 106 天（8 月 27 日）

日出	日落	纬度	经度	水深	船速	气温	水温	风速	气压
6：38	21：04	53.53	162.06W	2500	16.0	12	13	7~10	996

Get 先生大集合

整日关在房间编写书目，整理内容，许多以前想写的文字还没来得及写，一些写过的文字也没有及时修改，现在一一开始做这些工作。算算时间，真是紧张！只有一周就要下船了。

My fair lady 今天举行西班牙文和英文学习者的发表会，所以船上的 get 先生（老师）大集合啦！

在船上，每一种活动最后都会有发表会，这几天一个连一个，连麻将也进行了比赛呢。就像我们"日中文化交流会"时，瑜伽、舞蹈、太极拳、太极剑一样。这是反映老师水平，同时也检查学员学习的时候。

无论老少，大家都可以参加，我们在现场听，真不敢恭维日本人的发音。许多音他们发不出来，所以无论讲西班牙文还是英文，我们边拍照，边在下面偷偷笑，当然，精神是可佳的！鼓励奖还是应该给他们一个嘛！

🌏 第 107 天（8 月 28 日）

日出	日落	纬度	经度	水深	船速	气温	水温	风速	气压
6：27	20：37	51.30	172.53W	4268	17.3	14	13	16~20	1010

会是一辈子吗

5月14日从横滨刚出航时，船在太平洋面上行驶，每天阳光灿烂、海风习习；甲板上总是有人来吹海风，晨起满满的人练瑜伽。现在从寒冷的阿拉斯加返回横滨的途中，尽管依然是在太平洋，却寒冷刺骨。

回横滨还有六、七天，昨夜下了雨，我并不知晓。只是早晨来到甲板练功时看到地面、桌面、椅子上全是水珠才知道。

以前坐满乘客的躺椅现在无声无语静静地躺着；

曾经练瑜伽的甲板上，现在安安静静地立着咖啡桌椅；

太阳出不出来？并不给我们的摄影师先打招呼，摄影师只有耐心地缩在门后等待……

下楼到餐厅用早餐，遇到凤姐，一起坐了下来。

"也许我们多年以后还会说船上的这些故事。"我吃着木瓜，看着凤姐。

"没有啦！会是一辈子，会讲一辈子……"凤姐喝着茶，拖着长长的台湾腔，像是对我，又像是对自己。

我不语，慢慢吃着盘中的水果，慢慢喝着咖啡。

凤姐抬起头来对我："你天天写文字，船上太多太多的故事可以写啊。"

我说："是啊！真的有得写！"

"你要写的啦！对你而言，多难得的素材呀！三个多月，一百多天，发生那么多事。写啦，到时书出来，寄一本到台湾给姐姐看啦！"

答应着凤姐："一定会的！"

第108天（8月29日）

日出	日落	纬度	经度	水深	船速	气温	水温	风速	气压
7：11	21：09	51.13	176.44W	4487	16-18	14	13	7~10	1010

再见了——5078

"弗兰斯，请帮我拍拍照好吗？"对正整理房间的弗兰西斯科请求道。

"没问题，在哪里拍？"

"就在房间里。"

等弗兰斯忙完手里的活，他拿着相机开始为我拍了。

他一边为我拍照，我才发现，就要离开这间屋子了，此时我是多么留恋房间的每一个角落、每一样物品啊！

船上电话虽然不能挂越洋长途，但曾方便地让其他朋友能在船上找到我，或者我寻找其他房间的朋友；

挂在墙角的电视虽然没有很多频道，更没有中文频道，但能让我随时看到船头前进的方向，或者调至故事片频道或国际新闻频道；

这张书桌天天等着我回来俯在上面写文字；

房间里两张床，一张东西向，一张南北向的，舒舒服服地伺候了我三个多月；

这里我每天对着大镜子涂脂抹粉后才出房门；

这间小小的浴室，虽然实在小，但能让我每天畅快淋漓地沐浴；

我的挂衣柜、我的鞋柜；

床下两件以防发生不测时的救生衣；

……

这就是我一个人住了三个多月的"和平之船"的5078房间。

它也曾是中国客人的小会议室，也曾是日本美容专家为我美容的地方；

也曾让我想家时蒙着被子号啕大哭的地方；也曾让我写下了二十余万环球游记的地方；

再见了——留在我心中永远的5078！

第 109 天（8月30日）

日出	日落	纬度	经度	水深	船速	气温	水温	风速	气压
6：54	20：45	47.57	166.41	4100	16.1	16	15	20~25	1004

别带着疲惫入睡

周太太常常拖着长长的口音告诫我们：不要吹海风太多啦，有毒的——

没事就喜欢到船头去吹风，到船头去晒，晒得都成了"北美人"了。我不知道海风有没有毒，总之，昨晚可能有些吹过了头，晚上腿部肌肉酸胀，难以入睡。

爬起来给自己做着按摩，还不行，又做了很长一段时间伸展，才觉得肌肉恢复了，不痛了，可以入睡了。

亲爱的朋友们，千万别带着疲惫入睡，晚上睡觉前，我们做 10 分钟左右简单舒缓的练习，可以减压，缓解身体不适，促进血液循环。接着再静坐几分钟，不仅将一天的疲惫洗尽，而且睡眠质量也会大大越高。睡眠质量高了，第二天起床就会精神状态更好，早上又会想锻炼，锻炼完了再做其他的事情，那种精神状态该有多么好呢！良性循环由此开始。

所以说，不要带着疲惫入睡，身体一定要保养好！

 ## 第 110 天（8 月 31 日）

国际日期变更线

One day, one hour 一天一个小时，这个日子大家念叨很久了。

连日来，每天开始往回拨一个小时，每晚 12 点拨回到 11 点，同行的朋友说，这样可以每天多睡一个小时，仿佛占了大便宜似的。

昨天晚上的时间拨回到 11 点时，那个 11 点过渡到 12 点的一个小时不是 30 号的时间，是 31 号；所以，再转到 12 点以后就是 9 月 1 号了。睡一个晚上跳了一天，一天只有一小时，让我心里觉得有趣极了。

让我记得 8 月 31 日这一天只有一个小时——国际日期变更线。

但特别有意思的是，今天没有下雨，门也不像前几日那样吱吱作响了，浪也没有那样高了；不过大雾来了，能见度极低，"呜——"船仍像以前遇到

这种情况一样，每隔几分钟就发出了呜呜声。

　　也许昨晚睡得太早，也许要补给我两个早晨的时间，五点就醒了，依然出去想晨练，来到 8 层，除了一位早起的男士上来抽烟，互道一声："早上好"，什么人也没有，安静极了。抬头看，乌黑一片，一个人，第一次不敢上甲板。天没有亮，人们没起床，四周是茫茫的大海，除了船边激起的浪花是白色，一片漆黑，不害怕是假的。

　　不出去锻炼，就在船内找个地方压压腿呗。来到平日上课的 My fair lady，也没有人，压腿、弯腰等等都做完了，准备回房开始工作，觉得还不够伸展，"现在外面应该有些亮了吧？"心里想着，再次上楼，天空给了一丝光亮，让我鼓起勇气上了甲板。

　　一阵晨风吹来，空气好清新啊！和下面锻炼的感觉完全不一样。下面纯属练功，这里是享受！

　　没有想到，今天做了两次晨练的我，原本就应该给自己两个早上，所以两次晨练——理所应当！

第111天（9月1日）

日出	日落	纬度	经度	水深	船速	气温	水温	风速	气压
6：38	20：13	45.01	157.55	4550	16.3	16	17	5~8	1008

告别晚宴

　　5月14日登上和平之船，第二天就是船长欢迎会，而今天，这个环绕地球111天后的9月1日，召开船长欢送会，今天的正式晚宴也是最后一次。

　　心情不知怎么说，人是那么矛盾的东西。

　　前不久，我蒙着被子号啕大哭，想念我的家人，思念我的朋友；

　　今天，我依然蒙着被子号啕大哭，却是不想离开"和平之船"；

　　三个多月时间，我们生活在和平之船上，生命紧紧系靠在和平之船上。

228

风平浪静的时候，我们走过来了；

狂风暴雨的时候，我们走过来了；

雨雪冰霜的时候，我们走过来了；

大雾迷蒙的时候，我们走过来了……

虽然，

期间我们也曾历经了一些各种各样的困难，

但是，

这么远的航程，如此远的路线，

你能不允许它出现一些惊心动魄的故事吗？

所以，

和平之船，虽历经重重困难，最后还是一路欢声笑语的走过来了！

第112天（9月2日）

日出	日落	纬度	经度	水深	船速	气温	水温	风速	气压
6：16	19：38	41.28	150.09	4687	16.4	23	22	8~12	1006

再见，我的爱人

邮轮预计9月4日早晨7点抵达横滨，邮轮上的报纸刊登所有活动到今天为止，小卖部下午也将关门。

瑜伽是最后一节课，昨天、前天就在设计今天最后一节课怎么上。

早上5：30，来到My fair lady，将瑜伽垫铺放在台上，再到顶层甲板自己先练功。

瑜伽课程是7：45-8：45。时间到了，放音乐的人还没有来，昨晚设计好的开场白现在没有音乐、没有话筒，不能照计划进行。于是像往常一样，正常的上起课来。

邮轮有些摇晃，平衡仍然不好做，但还是选了一个没有危险的平衡姿势，

让大家开心地笑起来，课程接近尾声了，大家一个个躺下来做瑜伽休息术，看到每一位学员都闭上眼睛了。我将事先准备好的，昨天、前天花了两天时间写好的五十张祝福卡从包里拿了出来，轻手轻脚的边念休息术诱导词，边将一张张卡片轻轻放在每一位学员身旁。

休息术结束了，大家慢慢坐起来，都看到了摆放在垫子前面的卡，平常这个时候已经是该说"谢谢"了，但今天，看着大家，这句非常习惯了的话就是说不出来，声音开始哽咽，鼻子一酸，眼泪"唰"的掉了下来。

整个课堂鸦雀无声，齐刷刷的望着我，等待我说话。

"我不想说再见，"

我从瑜伽垫下面抽出纸巾，擦拭着止不住的眼泪，"我很高兴能在 Peace boat 上面和大家共享三个多月瑜伽美妙时光，我真的很爱你们，谢谢你们！"我深深地给大家鞠躬，泪水在我的脸上流淌，舞台下发出长时间的掌声。

我缓缓抬起头，"大家喜欢我唱邓丽君的歌，我唱一首《再见——我的爱人》吧！"

掌声再次响起。

"Goodbye my love, 我的爱人，再见；
Goodbye my love, 相见不知哪一天；
我把一切给了你，希望你要珍惜，
不要辜负我的真情意，
……"

声音一直哽咽，我控制不住，站了起来走下台，拿着左右两位学员的手，接着所有的人都站起来，手拉手围成一圈，我一个一个绕，走过每一位，都紧紧握一下手。

"再见了，我的爱人，今天和你分别了，但我还会来和平之船，我爱和平之船，我深深地爱你们。下次我还会做环球旅行，我相信我们还会同行……"

我流着泪边说边唱，边唱又边说，大家一个个都哭成了泪人儿。

三个多月啊，我和这些可爱的学员们，在和平之船上度过了多么愉快的瑜伽时光啊！

刚刚登船时，那是五月初夏，每天我们第一批在甲板上迎接晨曦的到来，

230

后来，天气渐渐转冷，我们搬回到室内——My fair lady，8月18日，我们的集体瑜伽展示拉开了"日中文化交流会"的帷幕，现在我们都将回到各自的国度，再见了——我的爱人！

第113天（9月3日）

日出	日落	纬度	经度	水深	船速	气温	水温	风速	气压
5：50	19：58	37.44	143.38	6200	16.5	28	26	7~10	1002

Don't say Good-bye

明天，114天环球游就要画上圆满的句号了，邮轮已经进入日本海域，天气有些像5月刚出来的时候了，厚重的棉衣、秋衣都可以扔下了。人们一大早穿着薄薄的夏装来到甲板观日出。

这海是出航时的海，天也是出航时的天，蓝得是那样透彻，海风也舒爽极了。想到明晚的飞机飞回北京，既激动又留恋起来。

激动的是，离开祖国、离开亲人这么久，这么远，只想快快回到祖国母亲的怀抱；留恋的是，在海上生活了114天，能没有感情吗？

和平之船上友好的乘客，笑容满面的工作人员；

参加过的有趣活动、各种学习；

参观过的驾驶舱，驾驶舱里的朋友；

喝咖啡聊天的甲板；

游过泳的阳光泳池；

洗完头吹风的船头；

举行各种大型活动的，也是我的瑜伽教室的 my fair lady；

每日三餐的七星餐厅；

……

Don't say Good-bye，说再见就流泪……

不要说分手，分手即成永恒……

 # 第114天（9月4日）

没有结束的航程

5：05，太阳早早地就出来迎接我们，今天的日出是航行以来最美的一次。公告栏处已经没有日出日落，也没有水温、气温等等，就如平常到达某一站一样，邮轮停泊时每次都没有，但这一次不一样，明天的气温我们也不能从这里知晓了，我们真的要离开邮轮了。

人们最后一次来到甲板，边拍日出，边互道珍重！许多人眼睛红红的，前天哭得心都碎了的我，昨天告诉自己、也告诉碰到的每一个人，"不要说再见，只说我爱你！"

大件行李统一由船上工作人员运送下船，背着其余的几个包，最后一眼看看住了一百多天的5078房间，冲到船出口，与门口的工作人员一一握手、拥抱、道别，走下楼梯，泪水终于止不住，"唰"地流下来，再一次哭出了声。

回头望着巨大的航行之家——"和平之船"，工作人员在向我们挥手告别，我的瑜伽学员在叫着"范先生，范先生"向我挥手；驾驶舱旁边，罗密欧、奥多瓦尔多在喊我"Jean，Jean"；别喊了，别再喊了，我的泪已经决堤，迷蒙的泪眼中，一个个都成了模糊的身影在闪动，擦干眼泪，再次看看这些可

最美的日出　　　　　　　　　　太阳迎接我们

爱的人儿，还没有看得清楚泪眼又一次变得模糊。

我不能再站在这里了，我的精神已经极度支持不住，转过身，奔向海关出口，快快出港吧！不然，我又会再一次奔上和平之船……

邮轮自 5 月 14 日中午 12 点从横滨出发到今天早上 6 点回到横滨港口，整个航程 114 天。在和平之船上，我们经历了太多太多，我现在已经从成田机场登上横滨飞往北京的 CA168 次国际航班，北京时间晚上 9：50 到达首都国际机场。含着泪写这段文字。坐在舱内，临起飞了，小唐在喊："哎，哎，晚上 12 点归船哦！"

回头望小唐，小唐眼睛也是红红的，一句话引得我的鼻子又一酸，不敢再想下去，看向窗外，任凭泪水哗哗地流。

本来基本上心情恢复平静了，因为从海关至机场途中，船上英文老师 Brami 一直和我们在一起，同到成天机场，她飞澳大利亚，我们飞北京，有 Brami 在一起，感觉航程就没有结束，没有离开船一样。

空姐送来饭菜很久了，不想吃，肚子饿，但嘴里塞不进任何东西。

只要飞机不起飞，我就知道我离和平之船还很近，都在横滨。只是一个在海港，一个在空港。飞机一旦起飞，我知道，我就真正离开了和平之船，我的环球游就将真的结束，我不希望她结束，我希望她永远永远航行下去……

京 广

2008 年 9 月 4 日初稿于和平之船

呈谢

感谢日本"和平之船"的盛情邀请，让我拥有一个如此难得的机会；

感谢北京青鸟瑜伽公司王锋董事长，给我提供经济上的帮助和瑜伽用品赞助；

感谢人民网、搜狐网、健身114等网站，刊登我断断续续发回来的文章；

感谢我的好友瑞格儿给我经济上的支持与礼服赞助；

感谢我的摄影家朋友杨再春先生对我提供的所有帮助及封面题字；

感谢中国旅行社王莹女士的鼎立帮助；

感谢北京青鸟瑜伽的王歆小姐每天处理我发回国内的邮件及对文稿的修整；

感谢北京青鸟健身准我如此长的假期任我天马行空；

感谢亲爱的读者朋友，耐着性子看我的文章及给我留言；

感谢我的姐姐在我出行前在庙里为我抽到吉祥签；

要感谢的实在是太多太多，我每天都生活在感恩中，感恩——让我度过了每一个幸福、快乐的日子！

双手合十！

京　广

2010 年 5 月 8 日修改于北京三里屯家中

后记

航海见世界，环球感人生

360 度航海环球倡导者　周贤钧

如果没有亲历一次航海游历世界，我不会有发今日的感慨，就不会觉得开发"航海环球一周游"对我国现阶段人文素质的提高和开发海洋事业的前瞻性的战略意义！

为了深爱的航海全球游，我抛下企业的缠拌，毅然于 2008 年 5 月 14 日 −2008 年 9 月 4 日，历时 114 天，乘坐日本"和平号"邮轮，顺时针西行，完成了一次"环游全球"的旅行，完整地绕了地球一周。

在长达 114 天时间里，历经了亚洲、非洲、欧洲、北美洲四大洲；航行了太平洋、印度洋、大西洋等三大洋；登陆了日本、越南、新加坡、阿曼、约旦、埃及、土耳其、希腊、意大利、西班牙、法国、挪威、冰岛、格陵兰、美国、危地马拉、墨西哥、加拿大、阿拉斯加等 21 个国家和地区。

俗话说，读万卷书不如行万里路，这句话自有其中的道理所在。三个多月的航程，我们自东半球穿行到西半球，从赤道往北极圈感受冰火两重天；漂流了绿色、蓝色、灰色的海洋；见证了白色的沙漠、巍峨的雪山、亿年的冰川和繁茂的热带雨林；品读了古埃及、古希腊、古罗马、古玛雅等远近古时代文明；对照了现代欧洲文明、美洲文明；握手了阿拉伯人、白人、亚洲人、爱斯基摩人、印第安人；融汇了佛教、伊斯兰教、基督教的洗礼……亲历纵览这一切，把全世界的地理、地貌、历史、民族、文化、宗教都尽收眼底！

书本上的东西是不能和现实世界相比的，肯定不能尽数描述出世界各地每处景色的壮丽和细节上的风情风貌。我们的目光所及不再只有亚洲人、黄种人，而是扩大到全世界各地的风土民情、经济动态，而是立即由本土的小我定位转为放眼世界的全球性胸襟和思想。从过去惯有的视野无极限的开阔了，经历了海洋洗礼，领略了全球风采，亲历了世界闻名的古建筑奇迹，觉得奇迹都是人类开创的，人类是没有什么可以做不到的！

美国和中国固有的教育体制不同，美国人从小就让孩子尽情想象，而中国教育孩子从

小就务实，其中虽然各有利弊，但是科技水平确是差之毫厘，谬以千里。总之，只有想不到的，想到的同时，我们还要知道如何去做到，在懂得行动对人类是最好的智慧总结时，仿佛我们来环球是走向世界寻求智慧的更好启迪，他会让你志向壮大，追求更加深远，让自己很快纳入全球化的思维，如同正在行进的巨人一般。

航行世界，我们的世界观、人生观、意志、胸怀、冒险精神、文化素质和个人勇气均会得到全面提升，让自己逐渐思维意识向全球化迈进，这是在任何教科书上无法学到的！

中国受几千年封建制度束缚，相当长时间推行闭关自守的政策，长期处于农耕社会，国民对于海洋及海洋知识的重要意识十分缺乏。

自改革开放后，我国积极发展以出口为导向的经济，大量的进出口贸易主要靠海运来完成，人们逐渐加深了海洋对陆地的作用，并取得了沿海城市开发的步伐明显高于偏远的山区城市。经济全球化的趋势赋予了海洋的决定性意义，同时让我们通过中国港口让平民感受世界、认识世界是十分有必要的。假如中国从郑和下西洋时代起不间断航海事业，那么今天的中国，无疑是傲立世界东方的雄狮，让世界各国翘首企盼。

哪里有海洋，哪里就有船舶航行。我们经过的最繁忙的海道是马六甲海峡，是停泊和航行船只最多的航道。这也是亚洲的兴起、中国的兴起最鲜明的体现。装载着 COSCO（中国远洋运输总公司）货柜的邮轮、庞大的油轮，穿梭于其中。我们经过多事的亚丁湾，都用一整个白天的时间，船只一艘接一艘排着队通过连接印度洋和大西洋的苏伊士运河和连接着大西洋与太平洋的巴拿马运河，这两条是世界最具战略性的运河，在巴拿马、欧洲、美洲的港口我们都看到了很多 COSCO 的货柜箱。

我们的工业品通过海路运到世界各地。可以毫不夸张地说，没有海运，就没有我国今天的经济成就，就没有 21 世纪发达振兴的中国。

航行中我们看到位于欧洲的北海、美国的太平洋海上油井和气井。海洋有无尽的资源。海底不仅有庞大的油田和气田，而且有丰富的矿产资源：铁、锰等等。陆地的矿产、石油，甚至食物，都已不能满足人类的需求，各国都在向海洋进军。我们从印度洋上看到一队队海豚成排跳跃的壮美景观；在格陵兰岛追逐着鲸鱼的出没；在北大西洋观赏到一群群穿梭的飞鱼；巨大的海龟一个个与我们的邮轮逆向而行；在阿拉斯加看到布满在礁石上的海豹、海狮以及稀有的白海豚。各种鱼类、南极的磷虾……海洋生物将是人类未来食物的主要来源。

纵观这一切，海洋是人类一个巨大的无尽的宝库。

可是，在每到一个国家港口的时候，我们的邮轮进出都必须该国海关的船只"引水"。这就告诉我们，该海疆已属于该国所有，属于该国的主权。对我们提出了领海的概念、海疆的概念、主权的概念。无论是陆地、荒无人烟的小岛与礁石，周围的 200 海里的海域都属于该国专属经济区，属该国的领海、海疆和主权。底下海洋中的资源都属于该国所有！这是多么庞大的利益范围呀！

　　海洋大国必然伴随蓬勃的海洋文化。海洋文化是熏陶人、教育人、鼓舞人，造就人才的园地。我国改革开放还只有三十多年的时间，才真正对国人开放了世界，开放了海洋。我国的海洋文化如果不说是一片空白，也是相当肤浅的。试问：我国有多少讴歌海洋的诗篇？有几部关于海洋方面的电影？有几部描写海洋的作品？有几部海洋的游记？有多少海洋专著？相比之下，日本于上世纪的 1983 年就开发了环球一周的航行。现在日本每年约有一万余人做环球一周的旅行，"环球一周"的游记一本接一本。而我国，真正环球一周的游记尚属于空白，我和妻子关伟宁及北京四位游伴共六人，荣耀地作为我们泱泱大国的首批"环球一周"的游客，使我们感到荣幸的背后更多的是惭愧。

　　没有航海，如何出现关于海洋的文学作品？如何能说海洋文化的繁荣？国民的海洋意识如何建立？尽速拓展我国的航海事业、繁荣我国的海洋文化已是迫在眉睫！

　　我们通过环球一周后获悉，日本"和平号"邮轮的开发和经营者是 26 年前（1983 年）的三个大学生，是他们开始了日本环球一周航海游的事业。如今，26 年过去了，这艘"和平号"仍怡然自得地航行于世界五大洋的洋面上。

　　日本经营者为了让游客在漫长的一百多天时间里过得充实、愉快，学到各种知识，在船上设置了丰富多彩的活动。这些包括各种学习班、各种晚会、技能比赛等等；即将到达国家的地理、历史、政治、经济的讲座，各种娱乐活动在内的项目。令所有游客中的参与者，最后都发出"乘船一百日，胜读十年书"的感慨。这是日商在长达 26 年的经营中，一直长盛不衰的秘诀。

　　近年来，日商将发展的眼光，盯向了世界最大的市场——中国，他们想方设法招募中国游客，该船首次在中国的厦门港口停靠上客，并与当地政府合作磋商。厦门政府表示，只要"和平之船"每次航线都停靠该市码头，他们将每年向"和平之船"提供 100 位游客。为此，日商将在邮轮上增设中国厨师，他们也做世界最著名的中式美食，获得中国游客的青睐。

　　所以，热切期盼我国能早日启动属于我们自主的航海全球游的商业模式，让国人在这方面又实现零的突破！

等待下一次起航

　　"人啊！一定要走出国门去看看世界，亲身游历，才知道这个世界有多大；只有开阔视野，人才会更有眼界。等你放眼全球胸怀世界，你的生活、你的事业才更富有活力和发展，你才体会做大做强的道理何在！" 这是我的好友内蒙满世集团主席高玉英女士在上一次我们环球前说过的话。

　　遗憾总是有的，上一次的遗憾也就成为这一次的动力！

　　由于高姐企业事情太多，上次不得已放弃了我们结伴而行的环球之旅。出海前高姐曾来电："这次我没有与你们同行，我等待下一次的起航！"

　　高姐的话今天就要变成现实，高姐和我正在准备 2010 年 8 月 2 日登上日本"和平之船"，做第 70 期环球游！

　　高姐，我们结伴而行，继续开启我们穿越人生的梦想！

京广

2010 年 5 月 10 日

環球瑜伽課程結束後，部分學員留言

图书在版编目（CIP）数据

我绕了地球一圈：360° 航海环球游记／范京广著．
—北京：气象出版社，2010.7
 ISBN 978-7-5029-5012-5

 Ⅰ．我…　Ⅱ．①范…　Ⅲ．①游记—作品集—中国
—当代　Ⅳ．① I267.4

 中国版本图书馆 CIP 数据核字（2010）第 130929 号

出版发行：气象出版社
地　　址：北京海淀区中关村南大街 46 号　　**邮　　编**：100081
总 编 室：010-68407112　　　　　　　　　　**发 行 部**：010-68409198
网　　址：http://www.cmp.cma.gov.cn　　　　**E－m a i l**：qxcbs@263.net
责任编辑：吴晓鹏　刘　畅　　　　　　　　　　**终　　审**：赵同进
封面设计：李勤学　　　　　　　　　　　　　　**版式设计**：阳光图文工作室
责任技编：吴庭芳
印　　刷：北京朝阳印刷厂有限责任公司
开　　本：787mm×1092mm 1/16
版　　次：2010 年 8 月第 1 版　　　　　　　　**印　　次**：2010 年 8 月第 1 次印刷
印　　张：16　　　　　　　　　　　　　　　　**字　　数**：235 千字
定　　价：38.00 元

本书如存在文字不清、漏印以及缺页、倒页、脱页等，请与本社发行部联系调换